Alles BDSM

Hintereingang

Erika Sanders

Alles BDSM
Hintereingang

Erika Sanders
Reihe
Alles BDSM

Zusammenfassung

Es besteht aus folgenden Romanen:
    Hintereingang
    Enge Hintere Poloch
    Entdecken sie den Hinteren Eingang
    Riskante Rückwette

Alles BDSM ist eine Romanreihe mit starkem erotischem BDSM-Gehalt und gehört wiederum zur Sammlung **Erotic Domination and Submission**, eine Romanreihe mit hohem romantischem und erotischem BDSM-Gehalt.

(Alle Charaktere sind 18 Jahre oder älter)

Hinweis zum Autorin:

Erika Sanders ist eine international bekannte Schriftstellerin, übersetzt in mehr als zwanzig Sprachen, die ihre erotischsten Schriften abseits ihrer üblichen Prosa mit ihrem Mädchennamen signiert.

Index:

ALLES BDSM
HINTEREINGANG
ERIKA SANDERS

HINTEREINGANG

ERSTER TEIL
JUBILÄUMSÜBERRASCHUNG

13

KAPITEL I

Sie waren beste Freunde in der High School. Und seitdem sind sie beste Freunde geblieben.

Selbst als Erwachsene, die in der Großstadt lebten, mit ihrer eigenen Karriere und ihrem eigenen geschäftigen Leben, nahmen sie sich noch Zeit, sich mindestens einmal pro Woche in einem Café in der Innenstadt zu treffen, wo sie Neuigkeiten über ihr Leben austauschten.

Sie trugen immer noch ihre Bürokleidung, während sie sich beim Kaffee unterhielten.

„Also, mein 5-jähriges Jubiläum steht bevor", sagte Lesley und bezog sich auf ihre Ehe mit Rob.

Marlene schärfte ihren Blick. "Weißt du, 5 Jahre sind eine große Sache, besonders heutzutage. Du weißt, was das bedeutet, oder?"

"Was?"

„Das bedeutet, dass du ihm dieses Mal etwas ganz Besonderes besorgen musst und umgekehrt auch."

Natürlich war Marlene die Autorität dafür. Sie arbeitete für eine Dating-Website und war eine professionelle Heiratsvermittlerin. Sie war auch Beziehungstherapeutin und Eheberaterin.

Egal wie zweifelhaft Marlenes Karriere für Lesley erschien, es gab keinen Zweifel, dass sie effektiv war. Marlene hatte einen guten Ruf dafür, Menschen zusammenzubringen und schwierige Beziehungen zum Funktionieren zu bringen. In der großen Stadt, in der sie lebten, waren die Leute mehr als bereit, Marlene viel Geld für ihre Führung zu zahlen.

"Zu diesem Zeitpunkt ist es schwierig, etwas Nettes für Rob zu bekommen", beschwerte sich Lesley. „Er ist eine zurückhaltende Person und er hat bereits alles, was er will."

„Dann tun Sie etwas Besonderes. Kochen Sie ihm ein tolles Essen. Schmeißen Sie ihm eine Überraschungsparty.

„Leider ist Rob ein viel besserer Koch als ich. Und er hasst Überraschungspartys. Er findet sie kindisch."

„Guter Sex geht immer", sagte Marlene scherzhaft und nahm einen Schluck von ihrem Kaffee. "Männer schätzen immer einen guten Blowjob, wann immer es möglich ist."

Lesley errötete. „Meine Güte, bleib ruhig, ja?"

„Schau, ich sage nur, dass 5 Jahre eine verdammt große Sache sind. Besonders heutzutage. Vielleicht möchtest du dir etwas Besonderes einfallen lassen."

"Sie haben Recht."

„Ich habe immer recht", zwinkerte Marlene.

KAPITEL II

Die Beratung an sich war nicht schlecht. Lesley dachte auf dem Heimweg darüber nach. Als sie sich in ihrem Schlafzimmer auszog, wurde ihr klar, was für eine glückliche Frau sie war.

Sie war mit einem großartigen Mann verheiratet, sie hatte einen großartigen Job und sie hatte einen wunderbaren Freundeskreis, auf den sie sich verlassen konnte. Mit 33 Jahren ging es ihr gut.

Aber was würde sie Rob zu ihrem 5. Hochzeitstag schenken? Er hatte bereits alles, was er wollte. Er war kein wählerischer Typ. Er war einfach in seinem Geschmack. Er arbeitete als Versicherungsvertreter und in seiner Freizeit machte er gerne Sport und traf sich mit seinen Kumpels. Das war es.

Normalerweise liebte Lesley die Tatsache, dass er so wartungsarm war, weil er dadurch mehr Zeit hatte, sich stattdessen auf ihre Bedürfnisse zu konzentrieren.

Jetzt wollte sie mehr denn je etwas über ihn machen. Sie wollte ihm gefallen. Und sie war entschlossen, ihre Ehe von Dauer zu machen.

Sie sah in den Schlafzimmerspiegel. Sie hielt sich immer noch in anständiger Form. Sie war eine Athletin in der High School und am College, aber seit sie ein Büromädchen wurde, war es schwieriger, die gleiche Form beizubehalten. Sie hatte an ihren Hüften und Oberschenkeln ein paar Kilo zugelegt. Die meisten Leute hätten es nicht bemerkt, aber sie war sich ihres Aussehens immer bewusst und verfolgte jede Veränderung, die ihr Körper vornahm.

Zeit, ein paar Kohlenhydrate zu reduzieren, dachte sie.

Ansonsten sah sie toll aus.

Sie schlüpfte in ihre bequeme und lässige Kleidung zu Hause – Jogginghose und ein großes T- Shirt . Mit dem bevorstehenden großen Jahrestag war es an der Zeit, eine gute Hausfrau zu sein und das Abendessen zuzubereiten.

KAPITEL III

Am nächsten Tag war die Arbeit interessant. Lesley arbeitete für eine mittelgroße Werbeagentur, wo sie einen Job machen konnte, den sie liebte. Sie liebte es, mit ihren Kollegen zusammenzuarbeiten und kreativ zu sein.

Aber im Hinterkopf war alles, woran sie denken konnte, ihr bevorstehender Hochzeitstag und das Gespräch, das sie mit Marlene geführt hatte.

Da im Büro alles dem Zeitplan voraus war, nutzte Lesley ihre Pause, um ins private Badezimmer zu gehen und ihre beste Freundin anzurufen. Die kostenlose Beziehungsberatung war immer willkommen.

Wenn Lesley Recht hatte, wusste sie schließlich, dass Rob selbst etwas Besonderes geplant haben musste. Es war einfach, etwas Besonderes für Lesley zu tun. Sie hatte viele Dinge, die sie genoss, darunter Überraschungspartys, schicke Abendessen und natürlich teuren Schmuck.

Jubiläumsgeschenke waren etwas, das Rob nie vergaß. Jedes Jahr sorgte er dafür, ihr etwas sehr Schönes zu schenken. Er schaffte es jedes Jahr, das Geschenk des Vorjahres zu übertrumpfen, weshalb Lesley sich etwas ganz Besonderes einfallen lassen musste.

Sie ging ins Badezimmer und tätigte den Anruf über ihre Kurzwahl. Zum Glück hatte Marlene auch Freizeit und sie unterhielten sich kurz, bevor sie direkt zur Sache kamen.

„Ich denke, du hast recht", sagte Lesley, die mit dem Telefon in der Hand in der Toilettenkabine saß. "Etwas Romantisches ist wahrscheinlich die beste Idee."

"Jetzt verstehst du es. Gut für dich."

"Das Problem ist, dass ich keine Ideen habe."

„Wie wäre es mit sexy Outfits? Weißt du, Dessous, durchsichtiger BH und Höschen, so etwas."

„Rob würde das nicht mögen", erwiderte Lesley. „Jedes Mal, wenn ich etwas Sexyes kaufe, möchte er, dass ich es so schnell wie möglich ausziehe. Er mag einfach die Nacktheit. "

„Wie wäre es mit Rollenspielen? Es gibt viele heiße Szenarien da draußen."

"Zu kitschig."

"Oralsex?" fragte Marlene. "Wo bist du damit?"

"Da gibt es keine Probleme."

"Schluckst du?"

"Es ist praktisch eine Gewohnheit", antwortete Lesley mit einem Anflug von Verlegenheit. "Da ist das Problem, es scheint, als hätten wir alle Grundlagen abgedeckt."

"Was ist mit Analsex?"

Die Frage ließ Lesley kalt. Sie war für einen Moment verblüfft und in einem Zustand leichten Unglaubens. Analsex? War das wirklich die Antwort? Marlene war die Expertin und sie erwähnte es aus einem bestimmten Grund.

„Das haben wir noch nie gemacht", antwortete Lesley.

Irgendetwas muss an Lesleys Antwort dran gewesen sein, denn der Ton ihrer Stimme erregte Marlenes Aufmerksamkeit.

Schließlich war Marlene eine Frau, die sich auf Dating, Beziehungen und Sex spezialisiert hatte. Sie hat daraus eine erfolgreiche Karriere gemacht, was nicht viele Menschen können.

"Hast du schon einmal mit Anal experimentiert?" fragte Marlene in anzüglichem Ton. „Ich meine, ohne Rob. Hast du es schon mal mit früheren Partnern gemacht?"

Als beste Freundinnen haben Lesley & Marlene natürlich schon einmal über ihr Sexleben gesprochen, aber noch nie so ausführlich. Lesley fühlte sich angesichts des Niveaus der Einzelheiten langsam unwohl, aber sie konnte sich nicht beklagen. Schließlich war sie diejenige, die nach der kostenlosen Beratung rief.

"Ich hatte noch nie Analsex."

"Nicht einmal einen Finger?"

„Ich hatte einen Finger", gab Lesley zu. "Nichts mehr."

"Wirklich, wenn?"

„Irgendein Typ, mit dem ich mich kurz im College verabredet habe?"

Marlene war fasziniert. „Wirklich, College? Wer war es? Mark? Dave?"

„Das ist jetzt nicht wichtig", erwiderte Lesley kopfschüttelnd. "Das Wichtigste sind ich und Rob."

"Ich denke, wir haben Ihre Antwort gefunden."

"Analsex?"

"Ja."

"Sex in meinem Hintern?" Lesley bat erneut um Bestätigung.

"Das ist so ziemlich dasselbe."

„Und wie soll das zu unserem Jubiläum funktionieren? Soll ich einfach meinen Hintern aufmachen und ihm sagen, dass es Zeit zum Ficken ist?"

"Das ist ein guter Anfang."

„Ich war sarkastisch", seufzte Lesley.

" Nun , es war trotzdem eine gute Idee."

"Ich meine es ernst, Marlene."

„Ich auch. Das muss kein Hexenwerk sein. Männer lieben Sex. Manchmal ist es so einfach. Zieh sexy Dessous an, gib ihm einen heißen Blowjob und biete deine anale Jungfräulichkeit an. Ich garantiere, dass Rob sich in ihn verlieben wird Sie noch einmal von vorn. Verdammt, er könnte Sie sogar wieder heiraten. "

Lesley schwieg einen Moment. Ihre beste Freundin hatte Recht, egal wie unanständig es zu sein schien.

„Ich werde darüber nachdenken", sagte Lesley.

"Da ist etwas, was du mir noch nicht erzählt hast."

"Was ist das?"

"Hat Rob jemals nach Analsex gefragt?"

„Niemals", antwortete Lesley.

„Glaubst du, er will es? Ich meine, hat er jemals deinen Hintern massiert? Macht er deinem Hintern Komplimente? Schaut er überhaupt auf deinen Hintern?"

„Ja, auf alle oben genannten Punkte. Glaubst du, das ist ein Zeichen dafür, dass er heimlich Po-Sex mit mir haben will?"

„Das könnte sein", sagte Marlene. "Vielleicht will er es, aber er ist zu schüchtern zu fragen."

"Ich weiß nicht. Wenn Rob Anal wollte, hätte er gefragt."

„Vielleicht will er dich nicht ausflippen lassen. Oder er hat Angst, dass du ihn für einen Perversen hältst."

Lesley nickte. "Vielleicht."

"Nun zur letzten Frage, die Sie auch nicht erwähnt haben."

"Was ist das?"

"Hast du schon einmal von Analsex geträumt?"

Gott, das war eine gute Frage. Eine, auf die Lesley sofort die Antwort wusste, obwohl es ihr etwas peinlich war, darüber zu diskutieren, selbst mit ihrer besten Freundin ausgerechnet.

„ Sicher habe ich das", gab Lesley zu. „Nicht in letzter Zeit. Aber es ist mir in den Sinn gekommen. Ich denke, es ist jedem Mädchen irgendwann in den Sinn gekommen."

"Was hat dich dann all die Jahre aufgehalten?"

"Was denkst du?"

"Sag mir."

"Es ist nicht kompliziert", antwortete Lesley. „Um es ganz klar zu sagen, Schwänze sind groß, Arschlöcher sind klein. In meinem Fall winzig. So einfach ist das. Deshalb habe ich mich jemals getraut. Ich bin nicht aus Gummi. Ich bin ein Mensch."

„Liebling, viele Frauen haben heutzutage Po-Sex. Und viele Frauen genießen es sehr."

"Dich mit einbeziehend?"

"Definitiv ich."

Lesley lächelte. „Zahlen."

"Warum?"

„Du scheinst der Analsex-Typ zu sein. Nichts für ungut."

„Keine vergeben", antwortete Marlene. "Der Schmerz ist den Orgasmus wert."

"Fühlt es sich wirklich so gut an?"

„Das könnte ich dir sagen. Oder du könntest es selbst erleben, an deinem Hochzeitstag mit Rob."

Lesley hielt einen Moment inne. "Woher weiß ich, ob das das Richtige für mich ist?"

„Es gibt nur einen Weg, das herauszufinden – ihn fragen."

KAPITEL IV

Diese Nacht. Da ihr Jahrestag nur noch wenige Tage entfernt war, versuchte Lesley ihr Bestes, um die perfekte Ehefrau zu sein.

Sie trug ein schönes Kleid und kochte das Abendessen nach einem Rezept, das sie online gelernt hatte. Das Essen geriet natürlich nicht besonders gut, aber sie versuchte es wenigstens.

Nachdem ich es mir auf der Couch vor dem Fernseher gemütlich gemacht hatte, war es endlich Zeit fürs Bett.

Sie küssten sich leidenschaftlich und Lesley öffnete die Rückseite ihres Kleides. Während sie sich auf den Liebesakt vorbereiteten, beschäftigte sie ständig das Thema Analsex. Es war alles, woran sie denken konnte, während sie sich küssten.

Sie wollte die Überraschung nicht verderben, aber sie konnte auch nicht anders. Sie musste einfach wissen, ob Rob es für eine gute Idee halten würde oder nicht. Das Worst-Case -Szenario wäre, an ihrem Jubiläumsabend Analsex anzubieten, nur damit er angewidert wäre. Dann wäre es zu spät. Die Nacht wäre ruiniert.

Also musste sie jetzt fragen. Sie beendete den Kuss und sah ihrem Mann direkt in die Augen.

„Ich habe nachgedacht", sagte sie. "Unser 5. Jahrestag steht bevor, wie Sie wahrscheinlich schon wussten."

"Wie könnte ich vergessen?"

"Warum dann nicht etwas Besonderes?"

Rob lächelte. „Irgendetwas im Sinn?"

Es war der Moment der Wahrheit, und sie versuchte, so selbstbewusst wie möglich zu wirken, als sie ihr den Vorschlag machte.

"Willst du Analsex an unserem Jubiläumsabend ausprobieren?"

Ihre Augen waren auf das Gesicht ihres Mannes gerichtet und warteten auf irgendein Anzeichen einer Reaktion, damit sie es analysieren konnte. Sie wollte jeden seiner Gedanken und seine Offenheit für ein neues sexuelles Abenteuer kennen.

Tatsächlich schien es durch die subtilen Veränderungen auf Robs Gesicht, dass er an der Idee interessiert war, und Lesley verspürte ein seltsames Gefühl der Erleichterung, als hätte sie das perfekte Geschenk für ihren Jahrestag gefunden.

„Anal huh? Das klingt interessant. Hast du das schon mal gemacht?"

Sie schüttelte den Kopf. "Nein, noch nie."

"Ist das etwas, was du dir schon lange gewünscht hast?"

„Lange Geschichte", antwortete sie. "Aber irgendwie."

Er lächelte weiter, „Warum warten? Du siehst umwerfend aus in diesem roten Kleid und wir sind beide in Stimmung. Warum machen wir es nicht jetzt?"

"Jetzt?"

Scheiße, dachte sie.

Sie war weder geistig noch körperlich darauf vorbereitet. Aber was ist das Problem? Wenn Marlene es so einfach konnte, konnte Lesley es auch. Wie Marlene schon erwähnt hatte, machen das heutzutage viele Frauen.

Es war an der Zeit aufzuhören, ein Weichei zu sein und endlich ihre anale Jungfräulichkeit zu verlieren.

„Ich hole die Vaseline ", sagte sie trotzig.

„Bist du sicher, dass du das tun willst? Du siehst so ... unbehaglich aus."

"Mir geht es gut. Glaub mir, mir geht es gut."

Er rieb ihre Schultern. „Ich bin damit einverstanden, weißt du, normaler Sex. Wir müssen das nicht tun, wenn du dich nicht wohl fühlst."

Lesley trat einen Schritt zurück und ließ ihr rotes Kleid auf den Boden fallen.

"Ich meine es ernst. Mir geht es gut."

Sie war fast in einem Robotermodus, als sie einen kleinen Behälter mit Vaseline in der Nähe griff und sie ihrem Mann reichte. Dann zog sie ihr Höschen herunter und beugte sich über das Bett.

Die Stimmung fühlte sich plötzlich kalt und unromantisch an, als würde sie sich in einer Arztpraxis auf eine Prostatauntersuchung vorbereiten. Während sie in der vornübergebeugten Position wartete, wurde ihr klar, dass ihr Mann von der Unbeholfenheit sprachlos gewesen sein musste und dass sie vergessen hatte, verführerisch über ihr erstes Analabenteuer zu sprechen.

Aber es spielte keine Rolle mehr. Rob hatte das Gleitmittel. Und ihr nackter Arsch war nach außen gerichtet, bereit zu gehen.

Das Geräusch des sich öffnenden Vaselinedeckels machte sie nervöser, als sie erwartet hatte. Tief im Inneren fühlte sie die gleichen Nerven wie damals, als sie ihre Jungfräulichkeit verlor. Und in vielerlei Hinsicht war es dasselbe. Sie verlor wieder ihre Jungfräulichkeit, außer dass es diesmal die Jungfräulichkeit in ihrem Arsch war.

Ein Schock lief ihr über den Rücken, als sie spürte, wie Robs mit Vaseline bedeckter Zeigefinger in ihren Arsch stieß.

"Huch!" sie schnappte nach Luft.

Robs Finger zog sich sofort von ihrem Hintern zurück.

"Bist du in Ordnung?"

"Es geht mir gut."

"Möchtest du weitermachen?" er hat gefragt.

" Natürlich tue ich das."

Rob versuchte es noch einmal, diesmal etwas sanfter. Er schob seinen Zeigefinger zurück in ihren Hintern und es war das unangenehmste sexuelle Gefühl, das Lesley je gefühlt hatte.

Es war so unnatürlich und peinlich, einen geschmierten Finger in ihrem Hintern zu haben. Schlimmer noch, es fühlte sich einfach unsexy an.

Als Rob seinen Finger ganz hineinschob, kräuselten sich Lesleys Zehen auf dem Teppichboden und ihr Körper spannte sich an.

„Nehmen Sie es heraus", befahl sie.

Rob zog seinen Finger weg und warf seiner Frau einen besorgten Blick zu, als sie aufrecht stand.

"Das war wahrscheinlich eine schlechte Idee", sagte er.

„Nein, es ist eine anständige Idee. Es ist nur, dass ich im Moment nicht darauf vorbereitet bin. Das ist alles.

Rob sah verwirrt aus. "Willst du es noch einmal versuchen?"

"Warum? Magst du es nicht?"

„Ich weiß es nicht. Wir haben es noch nicht einmal getan.

Aus irgendeinem Grund fühlte sich Lesley dadurch nur entschlossener, Analsex mit ihrem Mann zu haben. Vielleicht lag es daran, dass es für beide das erste Mal war . Es wäre, als würden sie gemeinsam ihre Jungfräulichkeit verlieren. Sein Schwanz in ihrem Hintern. Was für ein romantischer Gedanke, auf eine sehr seltsame Weise.

„Dann ist es erledigt", lächelte sie. "Analsex an unserem Jubiläumsabend."

"Ich meine es ernst, Lesly, wir müssen das nicht tun."

„Und ich meine es auch ernst. Wir machen das. Ich brauche nur ein bisschen mehr Zeit.

Sie hielten sich fest und küssten sich.

Lesley war von sich selbst enttäuscht, dass sie es nicht durchziehen konnte. Sie hielt sich für eine starke, karriereorientierte Frau, die jedes Hindernis überwinden konnte, aber anal? Das war etwas außerhalb ihres Reiches.

Sie wollte sich auf keinen Fall auf Rob verlassen, denn das könnte gefährlich werden. Auf keinen Fall würde sie ihren zarten kleinen Anus einem unerfahrenen Mann mit einem halbgroßen Schwanz anvertrauen. Das kam nicht in Frage.

Nein. Was sie brauchte, war ein Experte. Jemand, der weiß, was in einer kritischen Situation wie dieser zu tun ist.

Zum Glück wusste sie genau, wen sie anrufen musste.

ZWEITER TEIL
IHR SEXY EXPERTE BESTE FREUNDIN

KAPITEL V

Am nächsten Tag im Büro beschäftigte sich Lesley mit ihrem Sexleben. Sie konnte nur an Sex denken. Und ob sie es wirklich durchziehen könnte, es in den Hintern zu nehmen.

Während sie an ihrem Schreibtisch saß, schrieb sie ihrer sexuell erfahrenen besten Freundin eine SMS. Als Marlene telefonieren konnte, ging Lesley für einen kurzen Moment der Privatsphäre ins Badezimmer.

Nachdem sie den Anruf getätigt und sich auf die Toilettensitzabdeckung gesetzt hatte, verschüttete Lesley alle Details. Sie erzählte Marlene von dem kurzen Gespräch mit Rob, seiner Bereitschaft und dem Finger, der in ihren Hintern ging. Sie erzählte Marlene von all ihren Gefühlen in Bezug auf die persönliche Angelegenheit.

"Ich verstehe nicht, wie eine normale Frau damit umgehen könnte?" fragte sich Lesley.

„Es ist 2022, Schatz, viele Frauen stehen darauf."

"Ich bin sicher, es ist nur, um dem Kerl zu gefallen."

„Warte", sagte Marlene. "Lass mich dir einen Link schicken. Schau es dir an und ruf mich dann zurück."

"Ist es ein Porno?" fragte Lesley, die ihre beste Freundin kannte.

"Eigentlich ist es das."

"Wird es einen Virus in mein Telefon stecken oder so?"

„Zweifelhaft. Ich schaue mir diese Pornoseite die ganze Zeit auf meinem Handy an, während ich arbeiten soll, und mein Handy ist in Ordnung."

Lesley seufzte. „Schick es rüber."

"Rufen Sie mich zurück, wenn Sie mit dem Zuschauen fertig sind."

Lesley wartete auf den Link. Es war langweilig und einsam in der Badezimmerkabine zu sitzen und auf einen Pornolink zu warten. Es war eine traurige Reflexion über den Zustand ihres persönlichen Lebens.

Schließlich kamen drei Links an.

Lesley öffnete die erste, die ein Link zu einer Pornoseite war. Das Video war ein kurzer, professionell gemachter Clip, der eine Frau zeigte, die von einem riesigen Schwanz in ihren Anus gefickt wurde. Sie spulte es schnell vor und sah sich nur die Hauptteile an.

Das zweite Video hatte den gleichen Inhalt.

Das dritte Video war ähnlich.

Sie empfand eine leichte Verlegenheit, als sie in ihrer Bürokleidung in der Toilettenkabine saß und sich Pornos auf ihrem Handy ansah, obwohl sie eigentlich arbeiten sollte. Früher beschwerte sie sich, wenn Männer es taten, jetzt tat sie dasselbe. Wenigstens hatte sie einen legitimen Grund dafür, dachte sie.

Nachdem sie diese Pornoclips überflogen hatte, rief sie Marlene zurück.

"Was haben Sie gedacht?" fragte Marlene, als sie den Anruf entgegennahm.

„Ich meinte normale Frauen. Das sind Pornostars.“

"Was ist der Unterschied?"

„Pornostars sind Darsteller“, erklärte Lesley. „Sie sind für Sex gemacht. Das ist alles, was sie tun. Und sie können den ganzen Tag damit verbringen, in Form zu kommen und sich auf Sex vorzubereiten. Ich bin Büroangestellter.

"Gut. Warten Sie. Rufen Sie mich in ein paar Minuten zurück. Lassen Sie mich Ihnen zuerst etwas anderes zeigen."

"Warte ... bleib dran ..."

Der Anruf endete und Lesley seufzte. Sie wartete geduldig, endlich kamen zwei Links von Marlene.

Lesley klickte auf den ersten. Es war von derselben Pornoseite, außer dass diesmal ein normales Paar statt Pornostars zu sehen war. Lesley beobachtete, wie eine unscheinbar aussehende Hausfrau in ihrem Schlafzimmer von einem Mann, vermutlich ihrem Ehemann, Analsex erhielt.

Das nächste Video war ähnlich. Es zeigte einen unscheinbar (leicht nerdig) aussehenden College-Studenten, der einen analen Orgasmus hatte, mit freundlicher Genehmigung eines Typen aus dem College-Football-Team.

Lesley war Pornos nicht fremd. Sie hat sich mit ihrem Mann Softcore-Sachen im Kabelfernsehen angesehen. Gelegentlich sahen sie sich Hardcore-Pornos an, indem sie sie auf Abruf bestellten, um ihr Sexualleben aufzupeppen.

Aber sie hatte noch nie Amateurpornos gesehen. Es war seltsam, "normalen" Leuten beim Ficken zuzusehen. Es war wie ein Voyeur in ihrem Sexleben. Es war noch surrealer, die Videos dieser "normalen" Frauen beim Analsex zu sehen und es absolut zu lieben.

Lesley verstand den Sinn der Videos und rief ihre Freundin zurück.

„Okay, ich verstehe", sagte Lesley. "Normale Frauen können das auch."

"Und du bist eine normale Frau, richtig?"

"Das letzte Mal, als ich nachgesehen habe."

"Warum kannst du es dann nicht?"

Lesley seufzte. „Ich habe keine Ahnung."

„Tut mir leid, dass ich wie eine herablassende Schlampe klinge. Ehrlich gesagt, an diesem Punkt hat Rob wahrscheinlich Recht. Vielleicht etwas anderes ausprobieren ? Frag ihn, ob er noch andere Fetische hat.

"Ich bleibe lieber bei der ganzen Analsache."

Marlenes Beziehungssinn setzte ein. „Wirklich. Warum ist das so? Jetzt fange ich an zu glauben, dass sich ein Teil von dir wirklich darauf freut, egal wie sehr du versuchst dagegen anzukämpfen."

„Ich finde es heiß. Ich schätze, Rob findet es auch heiß. Und ehrlich gesagt bin ich ein bisschen neugierig. Ich war schon immer irgendwie neugierig. Es ist der eine Teil meines Körpers, den ich nicht sexuell erkundet habe. Es wäre also schön zu sehen, worum es bei der Aufregung geht."

"Klingt, als hätten wir eine wichtige Mission vor uns."

" Du bist also bereit zu helfen?"

„ Natürlich bin ich das", erwiderte Marlene. "Auf keinen Fall werde ich das jemals verpassen."

"Irgendwelche Ideen, was zu tun ist?"

„Eigentlich habe ich viele Ideen. Ich habe dir das nie gesagt, aber ich bin auch Sexualtherapeutin, zusätzlich zu den Beziehungsratschlägen, die ich gebe."

"Jetzt ist nicht die Zeit für Witze."

„Ich meine es todernst", sagte Marlene mit unbestreitbarer Bestimmtheit.

Es war genug, um Lesley zu überzeugen. „Okay, wie fangen wir also an, vorausgesetzt, ich darf deine Sexberatung kostenlos nutzen."

„Meine Bezahlung sieht zu, wie du einen starken analen Orgasmus hast. Mit anderen Worten, ich muss da sein und mitmachen, okay?"

"Du willst mit meinem Arschloch spielen?" fragte Lesley ungläubig.

"Äh huh."

"Ist das eine Art lesbisches Ding? Oder basiert das nur auf unserer jahrelangen Freundschaft?"

"Beide."

Lesleys Augenbrauen hoben sich. "Okay, das ist überhaupt nicht komisch."

„Es geht um dich, okay? Willst du meine Hilfe oder nicht?"

Lesley atmete tief durch. "Ich tue."

"Dann lass uns gleich zum Punkt kommen, ja?"

„Gut. Wie würden Sie normalerweise damit verfahren? Ich meine, wenn ich ein Kunde wäre, ein völlig Fremder, was würden Sie mit mir machen?"

„Das hängt davon ab, was du zulassen würdest", erwiderte Marlene. „Vielleicht würde ich mich mit dir zu einem Crashkurs über Analsex treffen. Oder vielleicht würde ich eine Paarsitzung machen, bei der ich deinem Mann helfen würde, deinen Hintern zu beanspruchen."

„Du, ich und Rob gleichzeitig? Ein Dreier?"

"Es ist eine praktikable Option."

"Funktioniert es normalerweise?" fragte Lesley.

" Jedes Mal . Aber ich prüfe es sorgfältig. Es muss das richtige Paar sein. Nur Menschen, die mit sich und ihrer Beziehung sexuell sicher sind. Schließlich möchte ich als Sexualtherapeutin & Beraterin keinen Keil treiben zwischen dem Paar. Eifersucht ist eine sehr gefährliche Sache."

"Interessant."

"Irgendwelche Gedanken bisher?"

„Rob hat immer Witze darüber gemacht, einen Dreier zu haben. Außerdem weiß ich, dass er dich sehr hübsch findet."

„Ich neige zu dem Dreier, den ich sehe", sagte Marlene spielerisch.

"So ungefähr."

„Falls du dich dadurch besser fühlst, technisch gesehen ist es kein Dreier. Denk daran, ich wäre in einer unterstützenden Rolle. Das heißt, ich würde deinen Anus auf die Penetration vorbereiten und Rob würde den Rest erledigen."

"Das klingt eigentlich ziemlich heiß."

„Oh, das ist es", antwortete Marlene.

„Würdest du eigentlich irgendetwas mit Rob machen?"

"Ich werde ihn nicht ficken, wenn du davor Angst hast."

"Dann was?" fragte Lesley.

„Wie ich schon sagte, ich werde deinen Anus vorbereiten. Ich werde dich schmieren und mit etwas leichten Dehnungen beginnen. Dann, um es klar auszudrücken, wird Rob dich gleich danach ficken."

"Klingt ... na ja ... abenteuerlich."

„Ist es", bestätigte Marlene. „Aber ich muss Rob vielleicht ein bisschen berühren, wenn nötig. Ich werde seinen Penis in deinen Anus führen, um sicherzustellen, dass es nicht zu schmerzhaft ist. Anale Penetration erfordert einen vollständig erigierten Penis, also wenn er nicht erigiert genug ist, kann ich es tun Ich muss ihn irgendwie stimulieren. Höchstwahrscheinlich mit meinem Mund."

" Also gibst du meinem Mann einen Blowjob?"

"Nur wenn nötig."

"Das ist beruhigend."

„Hey, du hast mich angerufen. Vergiss es nicht. Ich helfe dir auf die einzige Weise, die ich kenne.

Lesley seufzte: „Danke, im Ernst. Ich meine es ernst, du bist die Beste."

"Danke mir noch nicht. Du kannst mir nach deinem ersten analen Orgasmus danken."

„Das alles klingt nach der perfekten sexuellen Erfahrung für ein Jubiläum. Aber ich gebe zu, es ist sehr entmutigend."

"Das ist es immer. Und es ist nicht jedermanns Sache."

"Ich würde es gerne versuchen", sagte Lesley. "Ich bin interessiert. Ich bin wirklich interessiert."

„Du musst absolut positiv sein, sonst können wir es nicht durchziehen. Unsere Freundschaft ist zu wichtig. Ich würde niemals deine Ehe ruinieren wollen."

"Dann muss ich Rob fragen und sehen, wie er darüber denkt."

Marlene lachte, „Was wird Rob sagen? Nein? Natürlich wird er damit einverstanden sein. Er wird mich nicht ficken. Er wird dich ficken."

"Stimmt, aber trotzdem, ich rufe ihn besser an und sehe, was er denkt."

"Ich habe eine bessere Idee."

"Welches ist?"

„Ich rufe Rob an", sagte Marlene. „Ich werde die Dinge mit ihm klären, dann wird es eine Art Überraschung für dich sein. Ich möchte nicht, dass du dir deswegen ständig Stress machst. Die erste Regel beim Analsex ist, dich zu entspannen. Und dazu gehört auch die geistige Entspannung."

„Das ergibt Sinn. Also rufst du ihn jetzt an?"

"Ja, und ich brauche noch etwas von dir."

"Was ist das?"

„Ich brauche ein Bild von dem, womit ich arbeite", sagte Marlene. „Schick mir ein Bild von deinem nackten Hintern und ein klares Bild von deinem Anus. Sofort."

„Du willst, dass ich bei der Arbeit mit dem Sexting anfange?"

„Das ist kein Sexting", beharrte Marlene. "Es ist eine Vorbereitung auf einen wichtigen und heiklen medizinischen Eingriff, der Ihre eheliche Gesundheit und Ihr sexuelles Wohlbefinden betrifft."

"Marlene, es ist Sexting."

"Nennen Sie es, wie Sie wollen. Ich brauche diese Bilder, um zu bestimmen, wie ich mit dem Analprozess fortfahren soll."

„Mit anderen Worten, Sie wollen wissen, wie klein mein Anus ist", stellte Lesley scherzhaft klar.

"Exakt."

„Gut", seufzte Lesley. "Ich schicke es gleich."

„Perfekt. In der Zwischenzeit rufe ich Rob an, um die Details zu klären.

„ Ich auch. Das ist bei weitem das perverseste und verrückteste, was ich je gemacht habe, aber aus irgendeinem Grund glaube ich, dass es funktionieren wird."

„Das liegt daran, dass ich darin Experte bin", versichert Marlene.

Die beiden Freunde sagten ihre Abschiedsworte und das Gespräch endete.

Lesley stand von der Toilettenbrille auf und betrachtete sich lange und gründlich im Spiegel. Sie hatte noch nie zuvor Nacktfotos von sich gemacht, aber wenn es jemals einen guten Grund dafür gab, dann war es dieser.

Sie zog ihren Bürorock und ihr Höschen aus und legte sie auf eine Arbeitsplatte. Sie stand nur in ihrem zugeknöpften Top und Schuhen da. Sie war von der Hüfte abwärts nackt. Modisch gesehen war es eine sehr seltsame Kombination, sich so zu sehen, besonders ausgerechnet im Badezimmer des Büros.

Nachdem sie sich umgedreht hatte, zeigte ihr Hintern zum Spiegel und sie richtete ihre Handykamera ebenfalls auf den Spiegel. Sie machte einen Schnappschuss von ihrem Hintern-Spiegelbild, und es war offiziell das erste Nacktfoto, das sie je gemacht hatte.

Als nächstes kam das unangenehmere Bild. Sie dachte darüber nach, wie sie ein Foto von ihrem Anus machen könnte, und fand dann die Lösung. Sie ging in die Hocke und legte das Telefon zwischen ihre Beine, unter ihren Körper. Sobald sie in der richtigen Position war, machte sie den Schnappschuss.

Sie stand aufrecht und betrachtete das Bild ihres Anus. Es war das erste Mal, dass ich es so deutlich sah. Sie bemerkte die hellbraune Farbe, Form und Linien ihres Anus. Es sah definitiv winzig aus und es würde eine Herausforderung werden, Robs Schwanz dort hinein zu nehmen. Zum Glück wusste Marlene, was zu tun war.

Lesley schickte Marlene die eindeutigen Bilder per SMS, und plötzlich wurde die Situation auf eine ganz neue Ebene gehoben.

KAPITEL VI

An diesem Abend, als Lesley und ihr Mann es sich vor dem Fernseher gemütlich machten, war alles, woran sie denken konnte, der Analfick, den sie bald bekommen würde, und wie Rob sich dabei fühlte.

Trotz all der Action bei Game of Thrones , Robs Lieblingsserie, fragte sich Lesley immer wieder dieselben Dinge. Zumal weder Rob noch Marlene etwas erwähnt hatten. Lesley fragte sich, ob Marlene Rob überhaupt angerufen hatte oder nicht. Es gab nur einen Weg, das herauszufinden.

"Hat Marlene dich heute früher angerufen?"

„Ja", sagte Rob in einem ungewöhnlich schüchternen Ton.

"Und?"

„Und ich denke, dir steht ein besonderer Leckerbissen bevor", sagte er mit einem schwachen Lächeln, das er eindeutig zu unterdrücken versuchte.

Lesley war halb verärgert darüber, dass sie in Bezug auf das Ergebnis ihres eigenen Hinterns im Dunkeln gelassen wurde. Sie brauchte Antworten, und es war klar, dass weder Rob noch Marlene sie geben würden.

„Kannst du mir wenigstens eine Vorschau geben? Was muss ich erwarten?"

"Ich habe versprochen, dass ich es nicht sagen würde."

"Bist du dir da absolut sicher?" sagte Lesley mit einer übertrieben verführerischen Stimme, als würde es funktionieren.

"Ich bin absolut positiv."

Lesley gab wieder eine sexy Stimme von sich. „Bitte, Liebling? Ich mache das Ding mit meiner Zunge. Alles, was du tun musst, ist mir einen Hinweis zu geben."

„Ich kann warten", lächelte er. „Vertrau mir einfach. Marlene hat etwas Besonderes für uns auf Lager."

"Das denkst du?" antwortete Lesley mit ihrer normalen Stimme.

„Das bin ich. Sie hat mir am Telefon mehrere Tipps gegeben. Und sie hat mir gesagt, was sie mit dir vorhat. Ich glaube wirklich, dass dies unserem Sexleben etwas Besonderes hinzufügen wird. Etwas, das wir noch nie zuvor gemacht haben."

Es war gelinde gesagt faszinierend. Tief im Inneren trat ein wenig Eifersucht auf.

"Wirst du sie auch ficken?" fragte Lesley in einem sanften weiblichen Ton.

Er tätschelte ihren Oberschenkel. "Natürlich nicht. Sei nicht albern."

"Was ist dann das große Geheimnis?"

„Du wirst es früh genug herausfinden", antwortete er und zeigte dann auf den Fernseher. "Du verpasst die besten Teile."

Damit richtete Rob seine Aufmerksamkeit wieder auf den Fernseher. In der Zwischenzeit konzentrierte sich Lesley mental auf ihren bald wund werdenden Hintern.

DRITTER TEIL
ERSTMALS

41

KAPITEL VII

Es war ein Samstagmorgen, was bedeutete, dass keiner von ihnen zur Arbeit gehen musste.

Lesley befolgte die Anweisungen, die Marlene ihr am Abend zuvor per E-Mail geschickt hatte. In den Anweisungen ging es hauptsächlich um Sauberkeit und Schönheit.

Sie nahm eine schöne lange Seifendusche. Besonderer Wert wurde auf die Reinigung ihres Anus und Rektums gelegt. Lesley befolgte die speziellen Anweisungen in der Dusche. Tatsächlich tat sie es zweimal, um sicherzugehen.

Nach der Dusche saß Lesley mit einer Auswahl an Schönheitsprodukten vor ihrem Schminkspiegel. Sie nahm sich Zeit, um begehrenswerter auszusehen, als sie ohnehin schon war. Ebenso viel Wert wurde auf ihr Haar gelegt.

Als sie fertig war, war das professionelle Büromädchen schon lange weg. Es war die neue, analfreundliche Lesley. Und sie sah so umwerfend aus wie immer.

Sie rundete ihren Auftritt mit passenden weißen BHs und Höschen ab, gefolgt von einem weißen Negligee.

Alles, was sie tat, folgte Marlenes Rat in der E-Mail.

Apropos, es klingelte an der Haustür. 10 Uhr morgens. Pünktlich.

Lesley und Rob gingen zusammen, um die Haustür zu öffnen. Da stand Marlene, die sexuell aufgeklärte Beziehungstherapeutin, mit frecher Frisur und zwei Einkaufstüten.

Marlene hielt die Tüten hoch und lächelte: „Sind wir bereit anzufangen?"

Was wie ein gewöhnlicher Samstagmorgen aussah, wurde plötzlich zum Beginn von etwas Besonderem.

KAPITEL VIII

Das Paar wartete unruhig in ihrem Schlafzimmer, während Marlene sich im Badezimmer vorbereitete. Eine der Taschen, die Marlene mitbrachte, war für ihr besonderes Outfit. Schließlich konnte sie nicht so gekleidet in die Öffentlichkeit gehen, als wäre sie bereit für eine anale Begegnung.

Aber das warf die Frage auf, was war in der anderen Tasche? Sie würden es früh genug herausfinden.

Als sich die Badezimmertür öffnete, waren sowohl Lesley als auch Rob schockiert, Marlenes Verwandlung zu sehen.

Marlenes Freizeitkleidung war alle weg. Stattdessen trug sie barfuß ein rotes Negligé, ähnlich dem, das Lesley trug. Auch Marlene ließ sich glamourös schminken und auch ihre Haare frisieren.

"Sind wir bereit?" fragte Marlene und nahm eine verspielt sexy Pose ein.

Lesley war leicht eifersüchtig auf die Schönheitsgeheimnisse und die Fitnessroutine ihrer besten Freundin. Sie nahm sich vor, später nach Tipps zu fragen.

„Bereit wie nur möglich", sagte Lesley.

Rob stimmte zu.

„Der erste Schritt ist, gut auszusehen", sagte Marlene. „Das haben wir natürlich schon erledigt, zusammen mit der notwendigen Reinigung. Jetzt ist der nächste Schritt, dass du es dir bequem machst und ich dich locker mache."

Lesley spürte, wie ihre Muschi zuckte.

"Ich bin fertig."

Marlene sah sich im Schlafzimmer um. Dann legte sie ein Handtuch auf das Ehebett des Paares und breitete es ordentlich aus.

„Bevor du dich aufs Bett legst", sagte Marlene. "Du fragst dich wahrscheinlich, was in der anderen Tasche ist."

Lesley nickte. "Ich habe eine ziemlich gute Idee."

"Es ist das Anal-Kit, das wir benutzen werden."

"Klingt einschüchternd."

Marlene griff in die Tasche und hielt ihr einen kleinen rosafarbenen Dildo hin. „Nicht wirklich. Es sind meistens ein paar Kleinigkeiten und jede Menge Gleitmittel. Genug, um dich auf Robs Penetration danach vorzubereiten."

"Ich fange an, Schmetterlinge im Bauch zu spüren."

"Dann fangen wir besser an."

Lesley & Rob umarmten sich lange , gefolgt von einer Reihe von Küssen auf die Lippen. Es war fast so, als würde man „Auf Wiedersehen" sagen. Aber eigentlich war es die Begrüßung von etwas Neuem in ihrer Beziehung.

„Höschen aus", sagte Marlene.

Lesley griff nach unten, zog ihr Höschen aus und warf es weg. Sie war von der Hüfte abwärts nackt, und das dünne Negligé bedeckte ihren Hintern und ihre Muschi, aber das würde nicht sehr lange anhalten.

Sie stieg auf das Bett genau so, wie Marlene es ihr gesagt hatte. Mit ihren Knien auf dem Handtuch und ihrem Gesicht auf das Bett gepresst. Ihr Hintern war in der Luft und sie war sich sehr bewusst, dass ihr Arschloch und ihre Muschi ihrem besten Freund und Ehemann vollständig ausgesetzt waren.

Es war ein unangenehmer Moment. In vielerlei Hinsicht fühlte es sich für Lesley wie ein Besuch beim Arzt an. Außer dass statt einer typischen gynäkologischen Untersuchung bald ein gründliches Arschficken in ihrer Zukunft anstehen würde. Aber zuerst würde da das Vorspiel sein. Oh Gott, was für ein Vorspiel? Lesley dachte.

Zwei Hände rieben Lesleys Po. Nicht irgendwelche Hände. Weiche weibliche Hände. Die Art, die nur Marlene besaß.

Oh Gott, es fängt an.

„Hier kommt deine Überraschung", sagte Marlene. „Ich weiß, dass du Rob wegen meiner Pläne genervt hast. Nun, hier ist es. Ich finde, dass ein gutes weibliches Rimming der beste Weg ist, anale Jungfrauen zu stimulieren.

Oh Gott, ein Rimjob . Von Marlene?

Bevor Lesley ein Wort sagen konnte, spürte sie, wie ihre Pobacken von den weichen Händen noch weiter gespreizt wurden. Sie wusste, dass ihr Arschloch weit geöffnet war, damit ihr Mann und Marlene sie sehen konnten.

Dann kam die Zunge. Oh Gott, die Zunge. Ihr kleiner brauner Anus wurde von ihrer besten Freundin geleckt. Auf und ab geleckt. Seite an Seite geleckt. In alle Richtungen geleckt. Dann kamen die Küsse. Dann wieder das Lecken. Dann noch ein paar Küsse auf ihren Anus.

Einen Rimjob zu bekommen stand nie auf Lesleys sexueller Eimerliste, aber sie war so froh, dass sie es fühlte. Wenn sie gewusst hätte, dass es so gut ist, hätte sie Rob vor Jahren in ihrer Hochzeitsnacht darum gebeten.

Jetzt war sie hier, auf ihren Knien, mit dem Gesicht nach unten, und ihr Arschloch wurde von ihrer besten Freundin geleckt. Sie hatte immer gewusst, dass Marlene eine sehr sexuelle Person und eine Expertin in sexuellen Angelegenheiten war, aber das hier? Sie konnte nicht wissen, dass Marlene eine Expertin für Oralsex am Anus einer Frau war. Die Technik, die Marlene vorführte, war einfach zu gut, um wahr zu sein.

Dann kam das letzte Stück des Rimjobs . Marlenes Zunge ging hinein. Oh Gott, es ging rein. Lesley spürte, wie ihr Anus besabbert wurde, Speichel über ihren Arsch und in den Eingang ihres Rektums lief.

Es kitzelte ein wenig, aber hauptsächlich fühlte es sich sensationell an, stimulierte Nervenenden, von deren Existenz sie nicht gewusst hatte.

„Meine Güte", stöhnte Lesley, mit dem Gesicht nach unten auf dem Bett. "Diese Zunge von dir ... mein Gott."

Marlene blieb kurz stehen. "Deshalb bekomme ich das große Geld bezahlt."

Und damit fuhr Marlene mit ihrem Anallecken fort. Ihre Zunge leckte den Ring des Anus, folgte dem Eingang zum Rektum, dann hörte sie auf.

"Bist du bereit für die nächste Phase deines Leckens?" fragte Marlene und hielt den Hintern immer noch auseinander.

"Es gibt mehr?" fragte Lesley, immer noch mit dem Gesicht nach unten.

„Ja. Hier kommt es. Jetzt entspann dich, Schatz."

Marlene sagte etwas zu Rob, das so kurz und knapp war, dass Lesley es nicht hören konnte. Alles, was sie hörte, war das Geräusch von Schlurfen. Sie konnte es nicht sehen, da ihr Gesicht auf dem Bett lag. Sicher, sie hätte sich einfach umdrehen können, um zu sehen, was sie taten, aber warum sich die Mühe machen? Sie liebte Überraschungen und sie erwartete eine besondere mündliche Überraschung.

Das nächste, was Lesley wusste, war, dass Rob ihre Fotze von unten leckte. In der Zwischenzeit kehrte Marlene zu ihren Rimming-Aufgaben zurück.

Lesley erlebte gleichzeitig einen vollen oralen Angriff auf ihre Muschi und ihren Anus von den Menschen, die sie am meisten liebte.

Ihre Augen weiteten sich und ihre Lippen kräuselten sich, während sie ein kurzes Stöhnen ausstieß. Es war das doppelte orale Vergnügen. Rob lutschte ihre Muschi wie nie zuvor. Marlene beschleunigte ihr anales Lecktempo.

Tief im Inneren verfluchte sich Lesley dafür, dass sie das noch nie zuvor getan hatte. Nun ja. Sie war eine junge 33-jährige Frau, es würde noch viel Zeit in ihrem Leben bleiben, um weiterhin doppelten Oralsex zu genießen.

Sie spürte, wie sich ihr Höhepunkt näherte, als Rob seine Zunge auf ihre Klitoris richtete. Es war genau so, wie Lesley es mochte, wenn ihre Muschi gegessen wurde. Beginnen Sie in der Mitte, dann Orgasmus mit klitoraler Stimulation.

„Oh Gott", stöhnte Lesley, das Gesicht nach unten gerichtet, die Augen zurückrollend. "Ich glaube, ich bin nah dran."

Marlene zog kurz ihre Zunge weg. "Mädchen, mach es."

Damit leckte Rob die Klitoris schneller weiter und Marlene führte einen oralen Wirbelwind im jungfräulichen Anus durch.

Lesley löste einen Orgasmus für die Ewigkeit aus.

Sie schrie laut auf und ihr Körper verkrampfte sich. Gott sei Dank hatten sie kürzlich ein Haus gekauft, in dem sie etwas anständige Privatsphäre haben konnten. In ihrer alten Wohnung hätte ein Schrei wie der von Lesley sicherlich die Aufmerksamkeit der Nachbarn und vielleicht auch der Polizei erregt.

Jetzt, in der Privatsphäre ihres eigenen Zuhauses, konnte Lesley alles rauslassen. Ihre Muschi und ihr Arschloch erhielten eine starke orale Stimulation, die zu einem feuchten, starken Orgasmus führte.

Als es fertig war, bewegte sich Rob unter der Muschi weg und Marlene entfernte ihre Zunge.

Lesley brach auf dem Bett zusammen, eine nasse, durchnässte Sauerei, mit einem Post-Orgasmus-Lächeln auf ihrem Gesicht.

„Rob hatte Recht mit dir", sagte Marlene und bewunderte ihre beste Freundin mit nacktem Hintern. "Du bist ein ziemlicher Cummer."

"Ho.. ly ... shiiit ...", stöhnte sie.

„Mädchen, jetzt sind wir erst zur Hälfte fertig. Der Schlüssel zu gutem Analsex sind Gleitfähigkeit und Erregung. Ich würde sagen, du bist mehr als erregt. Und du bist schön von meinem Speichel geschmiert. Aber wir haben noch Arbeit vor uns ."

"Still?" sie lallte.

"Ja, jetzt wieder in Position du faules Miststück."

Marlene gab ihrer besten Freundin einen kräftigen Klaps auf den Hintern. Es war genug, um Lesley wieder auf die Knie zu bringen, mit ihrem Hintern in der Luft.

Während ihre Gedanken noch von dem intensiven Orgasmus schwankten, wurde ihr Gesicht auf das Bettlaken gepresst und sie spürte, wie ihre Arschbacken wieder gespreizt wurden. Diesmal waren die Hände viel stärker, was bedeutete, dass Rob derjenige war, der Lesleys Hintern weit offen hielt.

Was bedeutete, dass Marlene beide Hände frei hatte.

Plötzlich hörte Lesley das vertraute Geräusch einer Gleitmittelflasche, die geöffnet wurde.

Dann spürte Lesley, wie der kleine rosafarbene Dildo in ihren Hintern geschoben wurde. Es war nur ein paar Zentimeter lang, aber es fühlte sich in ihrem winzigen Arschloch massiv an. Der rosa Dildo wurde rein und raus geschoben.

Es wurde entfernt und hinterließ ein klaffendes Gefühl in Lesleys Hintern.

Als nächstes wurde etwas etwas Größeres gegen ihr Loch gedrückt. Noch ein Dildo aus Marlenes Tasche. Es wurde härter geschoben und trat in das jungfräuliche Loch ein. Als es weiter geschoben wurde, wusste Lesley, dass dieses Spielzeug viel länger (und dicker) war, was ihr ein viel gedehnteres Gefühl gab.

Sie spürte, wie der Ring ihres Anus und Rektums an seine Grenzen getrieben wurde. Dann wurde es dort festgehalten, was ihrem Anus Zeit gab, sich daran zu gewöhnen, etwas von dieser Größe in ihrem Arsch zu haben.

Dann wurde der größere Dildo weggezogen und hinterließ ein klaffendes Gefühl in ihrem zarten Arschloch.

Plötzlich waren im Hintergrund diese Saug-/Schlürfgeräusche zu hören. Es dauerte eine Sekunde, bis Lesley erkannte, dass Marlene wahrscheinlich an Robs Schwanz lutschte und ihn hart und eingeölt für den Analfick machte. Diese Schlampe, dachte Lesley.

Die Sauggeräusche hörten auf.

„Alles Gute zum Hochzeitstag, Mädchen", sagte Marlene mit neckender Stimme.

„Herzlichen Glückwunsch zum Jahrestag, Liebling", sagte Rob.

Diesmal spürte Lesley, wie etwas anderes gegen ihr Arschloch gedrückt wurde. Es war hart, aber es fühlte sich weich an. Daran bestand kein Zweifel. Es war Robs Schwanz. Ihr Mann wollte sie gerade in den Arsch ficken.

Sie drückte das Bettlaken zusammen und wappnete sich für das, was kommen würde.

Rob drückte. Sein Schwanz trat ein. Das Eindringen war langsam und sanft. Es fühlte sich fast wie ein Experte an, der in sie eindrang, obwohl sie es nicht gewusst hätte, da sie noch nie zuvor in den Arsch gefickt worden war.

Dann wurde ihr klar, dass dies von den Tipps kam, die Marlene Rob gegeben hatte. Deshalb konnte Rob sie so leicht in den Arsch ficken. Und es war auch dank all der analen Stimulation und dem Orgasmus, die Marlene bereitgestellt hatte.

Alles funktionierte perfekt. Robs halbgroßer Schwanz konnte mühelos in ihr Rektum eindringen, obwohl sich ihr Arsch sehr voll anfühlte.

Schließlich ging es ganz hinein und Rob legte sich in das winzig kleine Rektum seiner Frau.

„Das ist es , Mädchen", sagte Marlene, die sich näherte, um Lesleys Haar liebevoll zu streicheln. "Der schwierige Teil ist vorbei. Es ist ganz drinnen. Jetzt genieße dich und den Orgasmus, der folgt."

Die besten Freunde hielten Händchen und sahen sich in die Augen, während Rob langsam seinen Schwanz zurückzog und dann einen Stoß gab.

„Oh ...", keuchte Lesley. "Gott..."

"Ganz ruhig, Mädchen. Du machst das gut."

Der pochende Schwanz in ihrem Arsch wiederholte seine Bewegung. Rob zog sich zurück und gab dann einen weiteren Stoß, dieses Mal ein bisschen härter, was Marlene ihm zuvor privat beigebracht hatte.

Weitere Stöße kamen. Mit jedem Stoß wurde Lesleys Körper tiefer in das Bett gedrückt. Ihr Gesicht presste sich fester auf das Bettlaken. Das Bett schaukelte. Ihr Haar wedelte hin und her. Ihre kleinen Brüste schwankten.

Bald fand sich Lesley wieder, als sie einen vollen Arsch schlug. Das Bett wackelte und Lesley fing an zu weinen.

„Ist schon okay, Schatz", sagte Marlene in beruhigendem Ton und wischte sich die Tränen weg. „Du machst das so gut. Dein Arsch wurde dafür gemacht. Du wirst süchtig nach Arschficken sein , wenn dein Mann fertig ist."

Lesley fragte sich, wie das wahr sein konnte, während ihr Arsch weiter gepflügt wurde. Es tat weh, aber es fühlte sich auch gut an. Es war wie der perfekte Kontrast aus Schmerz und Lust. Sie wurde unglaublich gedehnt. Aber auch ihre rektalen Nervenenden wurden auf eine Weise stimuliert, die sie nicht für möglich gehalten hatte.

„Oh mein Gott", rief Lesley. "Mein Arschloch!"

Tränen liefen über Lesleys Gesicht, als das Hämmern anhielt. Sie hätte darum bitten können, damit aufzuhören. Sie hätte um ein Ende bitten können. Aber sie tat es nicht. Sie wagte sich in neue Gebiete ihres Körpers. Sie erlebte neue Dinge mit ihrer Sexualität. Und sie liebte jede Sekunde davon.

Es tat immer noch höllisch weh. Aber es lag eine unbestreitbare Genugtuung darin. Marlene spürte die Freude, die Lesley empfand, und sie nickte Rob leicht zu, was ihr Zeichen war.

Plötzlich begann Rob mit voller Geschwindigkeit zu ficken. Lesley schrie laut auf, Tränen liefen über ihr Gesicht, als ihr zartes kleines Arschloch mit einer Kraft bearbeitet wurde, von der sie nicht wusste, dass sie damit umgehen könnte.

"Oh Gott!!!!" sie weinte um ihr Leben.

Dann kam sie. Sie kam an diesem Morgen zum zweiten Mal. Es war ein anderer Orgasmus als vorher. Es war nicht frei fließend und angenehm.

Nein. Es war roh. Rein. Ungezähmt. Es war ein Orgasmus, der ihrer Urlust entsprang. Und es machte überall ein großes Durcheinander.

Gott sei Dank hatte Marlene das Handtuch aufs Bett gelegt.

Der Orgasmus war so intensiv, dass Lesley nicht bemerkt hatte, dass Rob bereits in ihrem Rektum ejakuliert hatte und ihr kleines Loch überflutete.

Zum zweiten Mal an diesem Morgen lag Lesley mit dem Gesicht nach unten auf dem Bett, ihr nackter Hintern entblößt.

Sowohl Rob als auch Marlene bewunderten ihre Arbeit: Eine benommene Lesley, die in reiner Orgasmusglückseligkeit lag, völlig nass zwischen den Beinen.

EPILOG

Als Lesley von der Arbeit nach Hause kam, in der einen Hand eine kleine Einkaufstasche, in der anderen eine Handtasche, war sie bester Laune.

Sie stellte ihre Handtasche neben der Treppe ab und ging in der Küche auf ihren Mann zu, der ebenfalls noch Arbeitskleidung trug.

„Tut mir leid, dass ich etwas spät bin", sagte sie und küsste Rob auf die Lippen, während sie immer noch die kleine Einkaufstasche hielt.

"Was ist das?"

Sie lächelte und hielt die Tüte hoch, „Das ... ist ein nettes kleines Geschenk, das Marlene mir gemacht hat.

Lesley holte eine kleine Flasche heraus und warf die Tüte auf die Küchenarbeitsplatte. Die Flasche war durchsichtig und enthielt eine klare Flüssigkeit. Aber was an der Flasche am meisten auffiel, war, dass sie deutlich anzeigte, dass sie nur für anale Zwecke bestimmt war.

Tatsächlich wurde die Substanz in der Flasche speziell für Analsex hergestellt. Es war ein neues Produkt, das entwickelt wurde, um Analsex um einiges einfacher zu machen.

„Oh mein Gott", sagte er mit hochgezogenen Augenbrauen.

"Dein Schwanz. Mein Arsch. Jetzt sofort."

Lesley reichte ihrem Mann die Flasche. Sie drehte sich um, zog ihr Höschen aus und warf es auf den Boden. Sie spreizte ihre Beine, beugte sich vor und hob den Rücken ihres Bürorocks hoch. Dann legte sie ihre Hände mit dem Hintern nach außen auf die Küchentheke.

Während Rob die neue Flasche Gleitmittel in ihr Arschloch goss, starrte Lesley in den Garten hinaus. Es war ein schöner Tag und die Sonne ging unter. Sie erkannte, was für eine glückliche Frau sie war. Sie war mit der Liebe ihres Lebens verheiratet und sie hatten einen Weg gefunden, ihr Sexualleben auf die nächste Stufe zu heben. Sie hatte auch die perfekte beste Freundin, die das alles möglich gemacht hat.

Das Leben war gut.

Ein einfacher Stoß und Robs Schwanz drang in ihr kleines Arschloch ein. Zu diesem Zeitpunkt hatte sich Lesley daran gewöhnt, dass ihr Hintern von seinem Schwanz gedehnt wurde. Diesmal schien es einfacher. Marlene hatte Recht, diese neue Flasche Gleitmittel war großartig, was bedeutete, dass es in Lesleys Zukunft noch viel mehr Analsex geben würde .

ENGE HINTERE POLOCH

KAPITEL I

Dicks Schwanz drang langsam in Samanthas faltigen, geschmierten Anus ein und kam dann im gleichen Tempo wieder heraus. Die sinnliche Szene wiederholte sich mehrmals und die Wärme ihres engen Kanals ließ ihn bald nach mehr verlangen. Er versuchte, seinen Mangel an Kontrolle über die verzweifelt langsame Geschwindigkeit zu ignorieren, und konzentrierte sich auf seine Frau, während sie ihren Hintern auf und ab bewegte. Mit ihren Handgelenken und Knöcheln ans Bett gefesselt, hatte sie keine andere Wahl, als die Neuheit, als ihr Sexspielzeug benutzt zu werden, anzunehmen.

Die ungewöhnliche Wendung der Ereignisse begann am Tag zuvor. Als er auf dem Weg zur Arbeit war, klingelte Dicks Handy erwartungsgemäß um genau 7:10 Uhr morgens. Auch ohne die Anrufer-ID zu überprüfen, wusste er, dass es seine Frau war, die jeden Morgen zur gleichen Zeit anrief.

Dick nahm den Anruf freihändig an und begrüßte Samantha herzlich.

"Hallo Baby."

"Hey! Vermisst du mich schon?" Samanthas Stimme war voller Humor, da sich ihre Wege gerade eine Stunde zuvor getrennt hatten.

Dick schnaubte,

"Natürlich! Hast du schon gute Geschichten gelesen?"

Während ihrer morgendlichen Trainingsroutine las Samantha gerne Geschichten auf ihrem Lieblingsblog für erotische Literatur. Sie wählte die Kategorien 'Anal' und 'BDSM' aus und hoffte, jeden Tag neue Entdeckungen zu finden. Wenn ihn einer kitzelte, erzählte er Dick während seiner getrennten Arbeitsfahrten ausführlich.

„Ich habe tatsächlich eine wirklich heiße ‚Anal'-Geschichte gelesen", sagte sie wehmütig. "Ein Ehemann hat seine Frau zur Strafe gefesselt und ihr dann einen richtig harten Ritt in den Arsch verpasst. Das hat mich supergeil gemacht."

Dicks Tonfall war weich, als er ihren nicht so vagen Hinweis vernahm.

"Ja wirklich".

„Weißt du ... es ist schon eine Weile her, seit wir Zeit hatten, ein paar versaute Spiele zu spielen. Und ... nun ... ich war in letzter Zeit ein sehr ungezogenes Mädchen. Ich bin mir ziemlich sicher, dass ich eine Strafe verdient habe." Sie tat mein Bestes, um zerknirscht zu klingen, und schaffte es, schmerzerfüllt auszusehen.

Samantha liebte Analsex wirklich, was für Dick ein Segen war. Das Problem war, dass sie bei analen Orgasmen wie ein Teufel schrie. Da die Kinder im Teenageralter noch zu Hause waren, waren ihre Chancen, sich zu befreien, gering.

Da er wusste, dass seine Frau verzweifelt nach versauten Sex suchte, nahm Dick ihre nicht ganz so subtile Einladung gelassen an. Sie hatte recht; es war lange her, seit sie eine wilde Nacht genossen hatten. In Wahrheit war er überrascht, dass er so lange gebraucht hatte, um ein geheimes Sexdate vorzuschlagen, und er stimmte der Richtung ihres Gesprächs völlig zu.

Auf Samanthas offensichtlichen Wunsch reagierte Dick seinen Teil. "Ich werde beurteilen, ob Sie wirklich eine Strafe verdienen. Jetzt sagen Sie mir, was Sie getan haben", sagte er in einem autoritären Ton.

„Nun, zum einen fahre ich gerade zu schnell." Samantha wusste, dass es eine schwache Anstrengung war, aber dies war nur der erste Wurf.

Dick seufzte enttäuscht, „Du hast es jeden Tag eilig.

"Oh", ihren Fehler egal, sie war bereit für die zweite Seillänge. "Nun, ich habe mir 30 Dollar aus deiner Brieftasche geliehen, bevor ich zur Arbeit gegangen bin."

Dick kicherte. "Okay ... keine große Überraschung. An den meisten Tagen fühle ich mich wie dein persönlicher Geldautomat. Ist das alles?" fragte er und erwartete mehr von seiner einfallsreichen Frau.

Nachdem Samantha das Beste zum Schluss aufgehoben hatte, war sie zuversichtlich, dass sie am Rande des Erfolgs stand.

"Es stellte sich heraus, dass uns die Morrisons am Freitagabend zum Abendessen einluden und ich sagte, wir würden gerne daran teilnehmen."

Mehrere Augenblicke lang herrschte Totenstille, während Dick die unerwünschten Neuigkeiten verarbeitete. Sie wusste genau, dass er nicht gerne Zeit mit den Morrisons verbrachte. Obwohl die Frau eine liebe Freundin von Samantha war, war der Mann sozial unbeholfen.

„Kleiner", sagte Dick, nachdem er sich laut räusperte, „du hast dafür wirklich eine Strafe verdient.

Als Dick seinen Spitznamen als Sexspielzeug benutzte, verengte sich Samanthas Muschi. Ihrem Mann ausgeliefert zu sein, während er ihren Körper zum Vergnügen benutzte, war das aufregendste. Zum Glück würde es am nächsten Tag mittags fertig sein, was der perfekte Zeitpunkt war.

Vom Erfolg betäubt, konnte Samantha ihre Freude kaum zurückhalten.

„Oh Junge! Ähm, ich meine ... oh nein! Nun, ich muss jede Strafe akzeptieren, die du für das Verbrechen hältst. Aber mein Hintern hat sich in letzter Zeit wirklich schlecht angefühlt."

Verärgert über das bevorstehende Abendessen mit den Morrisons beschloss Dick, seine Frau aus Rache zu verspotten.

„Vielleicht ist es deine Strafe, den Analverkehr aufzugeben", scherzte er mit ernsterer Stimme.

Fassungslos erstickte Samantha praktisch.

"Baby, Bestrafung muss immer Anal beinhalten!"

"Du bist nicht in der Lage, Forderungen zu stellen, Kleine." Dick hielt seine Qual aufrecht, ein schiefes Lächeln im Gesicht. „Ich werde deine Bitte berücksichtigen, aber rechne nicht damit, dass du damit durchkommst. Das war eine ziemlich schwere Übertretung. Ich gehe jetzt in die Arbeit.

Entmutigt antwortete Samantha:

"Ich liebe dich".

„Ich liebe dich auch", legte Dick auf, zufrieden mit sich selbst, dass er seiner Frau einen geschenkt hatte.

In ihrem Auto war Samantha entsetzt über die Wendung der Ereignisse. Ihr cleverer Plan, eine raue Analsession zu induzieren, war plötzlich entgleist.

Dick muss doch sicher wissen, wie sehr er sich eine versaute harte Arschsession wünschte!

In der Annahme, dass sie ihn überzeugen konnte, zu gehorchen, entwarf Samantha schnell einen Plan, um ihm Margaritas zu geben. Er konnte der Anziehungskraft ihres eifrigen Arsches mit einem kräftigen Schuss Tequila auf den Körper auf keinen Fall widerstehen und sie wusste den Ort, der ihren Bedürfnissen entsprechen würde.

KAPITEL II

Am nächsten Tag fanden sich Samantha und Dick kurz vor dem Mittagessen zu Hause wieder. Als sie einen kurzen Ausflug in ihr mexikanisches Lieblingsrestaurant vorschlug, stimmte er zu. Nicht nur die Getränke waren stark, das Essen war ausgezeichnet und vor allem der Service war schnell.

Wie üblich baten sie um einen abgeschiedenen Stand. Nachdem Sie sich gesetzt haben, erschienen zwei Ihrer Lieblings-Margaritas auf magische Weise auf dem Tisch und Ihre Essensbestellung war schnell erledigt. Nachdem die Vorbereitungen aus dem Weg geräumt waren, tranken sie und entspannten sich.

Samantha, eine sehr direkte Person, hatte keine Skrupel, offen zu sprechen. In der Hoffnung, dass Dick seine absurde Idee vergessen hatte, Analsex vorzuenthalten, beschloss er, sein Glück zu versuchen.

„Hey Baby, ich bin ziemlich geil. Wir werden heute Nacht verrückt", sagte sie und zwinkerte ihm anzüglich zu.

Dick kicherte und vermutete, dass Samantha wegen seiner Drohung, Analspiele zu vermeiden, besorgt war. Obwohl er die Absicht hatte, ihr lange und hart in den Arsch zu bohren, dachte er, es würde Spaß machen, seine List fortzusetzen.

Er zog eine Augenbraue hoch und hielt sein Pokerface hoch. „Heute werden wir es zurückhaltend halten.

„Haha, sehr lustig. Werden Sie ernst und hören Sie auf, herumzualbern", sagte sie und versuchte, ihre offensichtliche Besorgnis zu verbergen.

Obwohl er normalerweise ein schrecklicher Schauspieler war, war Dick von seiner Leistung überzeugt. Samantha wand sich wirklich vor ihren Augen und es war ziemlich unterhaltsam.

Er beugte sich hinunter und sprach streng:

"Mach keinen Fehler, meine Entscheidung ist gefallen."

„Aber Schatz, genießt du es nicht, meinen Arsch zu ficken, während ich ans Bett gefesselt bin? Sie versuchte, ihn zu verführen, indem sie ein erotisches Bild malte. "Stell dir vor, dein harter Schwanz versinkt in meinem kleinen Loch ... stell dir mein Schreien vor, wenn du mich zum Kommen bringst ... stell dir vor, wie sich mein Hintern zusammendrückt, während dein Schwanz seine Ladung in mich entleert! Komm schon, ich brauche dich, um mir eine gute Menge abzugeben Sperma an meiner Hintertür! Bitte...!"

Immer beeindruckt von Samanthas analer Begeisterung, versteifte sich Dicks Schwanz sofort. Oh ja, ich hatte vor, all das und noch mehr zu tun. Aber im Moment genoss er die Scharade.

„Ich habe meine Entscheidung getroffen. Anal, Bondage und Bestrafung kommen heute nicht in Frage", sagte er und schaffte es, desinteressiert zu klingen.

Zu sehen, wie Samanthas Gesicht frustriert aufflackert, war für Dick ungeheuer amüsant. Er erwartete, dass sie ihre Strategie änderte und wurde nicht enttäuscht.

Samantha bewegte sich schnell und versuchte, ihm die Schuld zu geben.

„Aber Baby, du bist derjenige, der mich anal süchtig gemacht hat! Wenn du darüber nachdenkst, ist das wirklich deine Schuld.

In seiner Aussage steckte etwas Wahres. Dick hatte über zwanzig Jahre gebraucht, um Samantha davon zu überzeugen, dass Analsex einen Versuch wert war. Als sie erkannte, dass anale Orgasmen real waren und der vaginalen Vielfalt gleichkamen, hielt sie niemand auf. In gewisser Weise war er für die Erschaffung dieses Analmonsters verantwortlich.

Fasziniert zu sehen, wohin er als nächstes gehen könnte, zog Dick weiter an seiner Kette.

Samanthas Gesicht verzog sich ungläubig. Diese Art von Sex war an Wochentagen in Ordnung, wenn sie ruhig sein mussten, weil die

Kinder zu Hause waren. Aber diese böse Gelegenheit war zu kostbar, um sie zu verschwenden!

Entschlossen, sich an Schmeicheleien zu versuchen, ließ Samantha nichts aus.

„Okay, hör zu. Ich werde ganz ehrlich sein. Wenn du nicht so gut darin wärst, meinen Arsch zu schlagen, würde ich nicht einmal Analsex haben wollen. Fähigkeiten wie deine sollten nicht verschwendet werden."

Blinzelnd war Dicks Antwort einfach:

"Netter Versuch".

„Baby, bitte fessel mich und fick meinen Arsch! Es ist zu lange her, seit wir gespielt haben und ich brauche es wirklich", beschwerte er sich als letzten Ausweg.

Dick schüttelte den Kopf und dachte daran, Mitleid mit ihr zu haben. Wenn er ihr gestand, dass es ein Scherz auf ihre Kosten war, würde sie sich beruhigen. Als sie etwas sagen wollte, spürte sie plötzlich seinen nackten Fuß direkt auf ihrem Schritt. Mit ihren Zehen streichelte sie sanft seine steinharte Erektion unter dem Tisch, während sie triumphierend lächelte.

"Du sagst immer 'Nein', aber dein Schwanz sagt 'Hölle ja'. Habe ich recht?" flüsterte Samantha und ihre Augen leuchteten vor Freude.

Plötzlich, da er nicht aufgeben wollte, atmete Dick mehrmals tief durch und versuchte, sich auf unattraktive Gedanken zu konzentrieren. Die Vorstellung eines Abendessens im Morrisons brachte ihn aus dem Abgrund.

Er sprach langsam und leise und antwortete:

"Meine Regeln heute werden eingehalten."

Samantha zuckte mit den Schultern und seufzte,

„Okay, du gewinnst, Baby. Lass uns das Mittagessen genießen und nach Hause gehen. Verdammt, vielleicht sollten wir uns einfach entspannen.

Ihre Bestellungen gingen ein und das Paar brachte sie schnell zum Essen, während sie andere Dinge besprachen. Dick war überrascht, dass Samantha es schaffte, das Gespräch hinter sich zu lassen, da sie nicht gerne verlor.

Im Hinterkopf fühlte sich Samantha durch die Vorbereitungen, die sie früher am Tag getroffen hatte, gerechtfertigt. Dick hatte sich entschieden, mit dem Feuer zu spielen, und er würde bald verbrennen. Sie war bereit zu handeln und seinen Schwanz in ihren eigenen Arsch zu nehmen.

KAPITEL III

Als sie nach Hause kamen, ging das Paar direkt in ihr Schlafzimmer. Dick saß auf der Bettecke, während Samantha langsam ihre Jeans und ihr weißes Hemd mit Knöpfen auszog. Da er genau wusste, dass er einen guten Striptease genoss, stellte er sicher, dass er seine Bewegungen übertrieb. Als sie den schwarzen Spitzen-BH und den passenden Tanga ausziehen wollte, ging sie zu ihrem Mann und zog ihre Dessous vor ihm aus.

Nackt vor ihm stehend, sah Samantha Dick ehrlich an und fragte:

"Schatz, kann ich dir eine Massage geben? Du verdienst eine, weil du so geduldig mit meinen Possen bist."

Obwohl Dick bereit war, seiner Frau den Hintern sinnlos zu schlagen, bewegte ihn Samanthas nachdenklicher Vorschlag. Ihre Massagen waren ziemlich anständig und zeitaufwendig.

"Das ist ein gutes Geschäft, Kleines. Mach schon. Aber zuerst zieh mich aus."

Sanft errötend antwortete Samantha:

"Mit Vergnügen".

Da Dick seine Jacke und Krawatte unten gelassen hatte, dauerte es nicht lange. Sie kletterte auf das Bett und ging direkt hinter ihn in die Hocke, wobei sie ihre Knie zu beiden Seiten seines Körpers legte. Sie erreichte seine Brust, knöpfte sein Hemd auf und zog es aus. Sein schlichtes weißes T-Shirt folgte.

„Steh auf und dreh dich um", flüsterte sie verführerisch.

Dick befolgte ihre Anweisungen, die sein Becken direkt vor ihr Gesicht brachten. Als sie ihm in die Augen sah, öffnete Samantha seinen Gürtel, öffnete den Reißverschluss seiner Hose und öffnete dann den Reißverschluss. Sie zog seine Hose und Unterwäsche herunter und ließ ihn nackt und halb erigiert zurück.

„Nun lehn dich zurück und lass meine Finger ihre Arbeit machen", sagte sie und klopfte auf das Bett.

Zufrieden streckte sich Dick mit dem Gesicht nach unten in der Mitte des Bettes aus. Nachdem Samantha ihn gespreizt hatte, saß er in der Mitte seines Rückens.

Von seinen Schultern ausgehend sprach sie besorgt:

"Oh Baby, deine Arme fühlen sich so eng an! Lege sie über deinen Kopf, damit ich alle deine Muskelgruppen trainieren kann."

Dick war sehr abgelenkt von dem nassen Fleck, der sich auf seinem Rücken unter Samanthas Muschi bildete, aber er schaffte es, seine Bitte zu registrieren. Er streckte seine Arme in Richtung der Kissen aus und war sich vage bewusst, dass Samantha nach vorne rutschte, bis sie zwischen seinen Schulterblättern war. Nachdem sie sich über die Bettkante gebeugt hatte, schien sie etwas zu greifen. Dann spürte er blitzschnell kalten Stahl um seine Handgelenke und hörte das verräterische Klicken der Handschellen.

Dicks Kopf schoss zurück, als er an seinen Händen zog und feststellte, dass sie eingeschränkt waren. Die Realität traf hart; seine schlanke Frau hatte ihn gerade fallen lassen, keine Kleinigkeit, da er viel mehr wog. Gleich darauf schlüpfte der flinke Teufel aus seinem Körper und setzte sich neben ihn.

Obwohl er seine Frau nicht ansehen wollte, die sicherlich stolz auf den Witz war, drehte Dick den Kopf zur Seite. Was sofort seine Aufmerksamkeit erregte, war die glitschige Fotze, die zwischen ihren weit gespreizten Schenkeln zu sehen war. Er stöhnte und kam sich dumm vor, mit dem Gesicht nach unten erwischt zu werden.

"Ha! Ich habe dich total betrogen!" sie kreischte.

Dick wusste, dass sie damit nicht zufrieden sein würde, da Samantha zu Schadenfreude neigte. Da er im Allgemeinen ruhig war, war er versucht, sich ihrem Jubel anzuschließen, beschloss jedoch, eine Bestandsaufnahme der Situation zu machen.

„Netter Schachzug, Kleines", räumte er ein, immer höflich. "Also, was passiert als nächstes?"

Samantha hatte noch nicht aufgehört zu schreien:

„Heilige Guacamole! Ich habe dich tatsächlich gefangen genommen! Ich wünschte, du hättest deinen Gesichtsausdruck gesehen!

"Ja, du hast mich ernst genommen. Also, was ist das Ende deines Spiels?"

Über sein unfreiwilliges Wortspiel lachend, antwortete sie.

"Es ist eher wie mein 'Po-Spiel'!"

Sie atmete mehrmals tief durch und beruhigte sich. Dick zu gefallen war definitiv Teil des Plans und sie wollte ihn beruhigen.

"Okay, ok! Ugh! Das sind deine Möglichkeiten. Ich befestige die Handschellen an einem kleinen Stück Kette, das am Bettpfosten befestigt ist. So kannst du dich auf den Rücken rollen. Wenn du diesen Weg wählst, werde ich nimm deinen Schwanz, um ihn gut zu gebrauchen. Aber du bist mir zur Abwechslung völlig ausgeliefert. Oder ... ich kann hier bleiben und mit mir spielen, während du schläfst. Es liegt ganz bei dir, Liebes."

Dick fasste sofort seinen Entschluss, aber dachte darüber nach,

„Mal sehen, ich kann dich meinen Schwanz benutzen lassen oder hier wie ein Bündel schnarchen.

Wie ein kleines Mädchen klatschte Samantha und freute sich. Während sie bei versauten Spielen eine unterwürfige Rolle bevorzugte, drückte Dick einen bisher unbekannten heißen Knopf, indem er drohte, ihren Analsex zu verweigern. Er konnte niemanden außer sich selbst für ihre extremen Maßnahmen verantwortlich machen.

"Exzellent!" rief sie aus. "Jetzt dreh dich um und halte deine Beine auseinander. Ich muss deine Knöchel ketten."

Auf einen Ellbogen gestützt, drehte Dick seinen Körper, wie Samantha es anordnete. Sie sprang aus dem Bett und zog einige

Metallknöchel heraus, die sie früher an diesem Tag unter der Matratze versteckt haben musste.

Nachdem alle Gliedmaßen von Dick gefesselt waren, studierte Samantha stolz ihre Arbeit. Den Blick auf das Gesicht ihres Mannes gerichtet, küsste sie zärtlich seine Stirn.

„Mach dir keine Sorgen, Baby. Ich werde sanft sein", flüsterte sie ihm direkt ins Ohr.

Dick, ein stiller Kerl, lachte über den kleinen Trickster:

"Nun, Kleines, es scheint, dass du mich genau dort hast, wo du mich haben wolltest."

„Nun, ich habe dich. Danke, dass du es bemerkt hast", lachte sie, als sie zur Tür ging. "Jetzt bleib still und ich bin gleich wieder da."

Eingeschränkt zu sein war eine neue Erfahrung für Dick. Das Paar war seit Beginn ihrer Beziehung in die Sklaverei verwickelt und während ihrer drei Jahrzehnte zusammen hatte Samantha unzählige Stunden mit Handschellen, Ketten und sogar auf einer Palisade verbracht. Sie hatte noch nie Interesse bekundet, den Spieß umzudrehen, also war dies eine unerwartete Wendung.

Dick war beeindruckt, dass Samantha ihre große Erfahrung nutzte, um ihn ans Bett zu fesseln. Er testete seine Beweglichkeit und war wirklich stolz darauf, dass sie es geschafft hatte, ihn zu sichern, ohne ihm Schmerzen zu bereiten.

Die Handschellen waren weder zu eng an seinen Handgelenken / Knöcheln, noch waren seine Gliedmaßen bis zum Punkt des Unbehagens gestreckt. Alles in allem war es ein recht gelungenes Unterfangen.

Seine Aufmerksamkeit verlagerte sich, als er bemerkte, dass Samantha zurückgekehrt war und mitten im Raum stand.

Zu sagen, dass sie sich für diesen Anlass gekleidet hatte, wäre eine Untertreibung gewesen.

KAPITEL IV

"Du magst was du siehst?" Samanthas Augen funkelten verschmitzt, als sie in ihrem neuen Outfit für ihn modelte.

Normalerweise bevorzugte sie weiche, feminine Dessous, aber heute Nachmittag hatte sie eine neue Richtung eingeschlagen. Ein trägerloses schwarzes Lederkorsett verlieh ihr das Aussehen einer Frau mit Kontrolle. Schon klein, betonte es ihre schmale Taille noch mehr und schaffte es, ihre kleinen Brüste größer erscheinen zu lassen. Sie entschied sich dafür, ohne Höschen zu gehen und ließ ihren haarlosen Sex zu ihrem Sehvergnügen offen. Etwas tiefer, bis zum Oberschenkel, umarmten hauchdünne schwarze Strümpfe ihre straffen Beine. Um das erotische Ensemble zu vervollständigen, trug sie streng aussehende schwarze Stilettos.

Dicks Kinn stand offen und starrte verwundert auf das Erscheinen seiner Frau, die so gewagt gekleidet war.

"Scheiße! Du siehst SO heiß aus, Kleine!"

Sie zog sich von ihm zurück, neigte ihre Hüften zur Seite und tätschelte ihren Hintern. Mit seinem Schwanz, der jetzt zu einem vollen Mast geformt war, kämpfte er kurz um aufzustehen, bevor er sich daran erinnerte, dass er an das Bett gefesselt war.

„Kleine, lass mich aufstehen und ich gebe deinem Arsch die härteste Fahrt deines Lebens“, sagte er und versuchte zu verhandeln.

Samantha schüttelte den Kopf, als sie lachte,

„Oh, ich werde einen harten Ritt haben, keine Sorge. Du hattest deine Chance und hast sie vertan.

„Komm schon! Ich habe nur Witze darüber gemacht, Analsex vorzuenthalten. Lass uns die Plätze wechseln“, bettelte er.

Samantha zuckte mit den Schultern und antwortete:

„Du hast die falsche Taste gedrückt, Baby. Was geschehen ist, ist getan.

„Aber", begann er.

"Genau! Aber...", antwortete sie und machte mit ihren Fingern Anführungszeichen. "Das ist der Name dieses Spiels. Ich habe dich gewarnt, die Klappe zu halten und nicht zu gehorchen."

Samantha berührte mit dem Zeigefinger ihren Mundrand und kniff in falscher Konzentration die Augen zusammen.

„Lass uns sehen, wie soll ich mit deinem Ungehorsam umgehen? Hey, ich habe eine Idee", sagte er und wedelte ernsthaft mit den Händen. "Anstatt zu stottern, solltest du deinen Mund benutzen, um mir zu gefallen!"

Dick fühlte, dass das Spiel in vollem Gange war, und war sich nicht sicher, ob er verbal antworten sollte. Klugerweise entschied er sich, zustimmend mit dem Kopf zu nicken. Samanthas abscheuliches Outfit und obszönes Verhalten ließen ihn sich nach jeder Art von Kontakt mit ihrem Körper sehnen.

„Ah, ich sehe, du lernst schnell", sagte sie. "Lass uns deinen Mund arbeiten lassen. Ich möchte, dass du mein ungezogenes Loch leckst, wie ein braver Junge."

Noch einmal nickte Dick nachdrücklich und stimmte glücklich zu. Samantha diesen „Rollentausch"-Moment zu erlauben, schien unter den gegebenen Umständen genau richtig und er war glücklich, sie auf der Reise zu begleiten.

Vorsichtig um ihren Mann nicht zu schubsen, kroch Samantha zurück aufs Bett. Sie setzte sich rittlings auf ihn um seinen Hals und kniete sich hin, wobei sie ihren Hintern direkt über sein Gesicht legte. Immer neckend drehte sie ihr Becken, während sie ihre Hände über die glatten Rundungen ihres Gesäßes rieb.

„Jetzt mach mir etwas Freude... in meinem Hintern", sagte sie mit Autorität.

Samantha fühlte, wie Dicks Körper von dem Gelächter zitterte, das er unterdrücken musste. Seine Frau zu küssen war nicht wirklich eine Bestrafung und zu sehen, wie sie geil wurde, während er ihren Arsch leckte, war erregend. Folglich war er mehr als glücklich, ihr zu gefallen.

Lächelnd beugte sich Samantha nach unten und sah zwischen ihre Beine,

"Ich gebe dir Zugang zu einem ganz besonderen Ort, Baby."

Als würde sie ein kostbares Geschenk enthüllen, bewegte sie ihre Hände zur Mitte ihres straffen Hinterns und öffnete ihr cremeweißes Gesäß. Dort war zu Dicks Sehvergnügen ihr zarter Stern. Bei Tageslicht konnte er jede einzelne Falte, die ihren namenlosen Auftritt ausmachte, leicht erkennen. Etwas dunkler als der Rest ihrer Haut, verlieh ihr der Ton ein fast exotisches Aussehen. Insgesamt war es ein sehr attraktives Ziel und er wurde nicht müde, es zu treffen.

Samantha interpretierte seine Pause falsch und sprach ermutigende Worte:

„Komm schon, Baby. Du weißt, was zu tun ist.

Genüsslich spitzte Dick seine Lippen und presste sie gegen Samanthas Anus, der nun vor Vorfreude zitterte. Zärtlich knabberte, lutschte und küsste er ihren Weg durch den kleinen Kreis und entlockte seiner Frau ein leises Stöhnen. Er war kein Amateur, er wusste genau, wie er mit der faltigen Haut um ihre Hintertür umgehen musste.

Samantha war unendlich beeindruckt von dem Vergnügen, das sie während der analen Stimulation erlebte. In ihren Augen bewies es, dass Analsex ein natürlicher sexueller Akt war, dass er seinen Tabustatus nicht verdiente. Es dauerte nicht lange, und das exquisite Gefühl, dass sein Mund an ihrer Öffnung schmolz, ließ sie ausgeglichen und sehnte sich nach mehr.

"Baby ... bitte! Schiebe deine Zunge in meinen Arsch und bring mich zum Abspritzen." sie stöhnte.

Sie musste es nicht zweimal sagen. Dick war ein äußerst großzügiger Liebhaber und er hoffte, sie an ihre Grenzen zu bringen. Er streckte seine Zunge heraus und versteifte sie so gut er konnte, bevor er angemessen in das Loch eindrang, das ihm seine Frau dreist angeboten hatte.

Um zu helfen, senkte Samantha langsam ihren Körper, bis ihre Zunge kaum durch den straffen Eingang zu ihrem Ort der Freude lugte. Die sengende Hitze in ihrem empfindlichen Rand traf sie so tief, dass sie ihr für einen Moment den Atem raubte. Samantha sehnte sich nach einer vollständigen Penetration und begann ihren letzten Abstieg auf seinen Mund.

"Fuck Baby. Das fühlt sich so gut an! Oooooh!" Samantha fing an, ihren Arsch auf seiner unnachgiebigen Zunge zu bewegen.

Dick nahm ihre offensichtlichen Hinweise auf und ging nach Geschmack. Langsam aber sicher erreichte seine Zunge maximalen innigen Kontakt. Wie üblich akzeptierte ihr äußerer Schließmuskel sein Eindringen nach anfänglichem Widerstand. Nachdem er diese Barriere hinter sich gelassen hatte, drängte er sich vor, tief genug, um ihren unflexibelsten inneren Schließmuskel zu durchqueren.

"Aaahhhh! Baby! Bitte! Bring mich zum Abspritzen!"

Obwohl er deutlich kleiner als sein Schwanz war, machte Dicks Zunge den Größenunterschied mit seiner Fingerfertigkeit wett. Er wechselte zwischen dem Rollen seiner Zunge und dem Ein- und Ausstoßen in ihren intimsten Ort. Ohne es eilig zu haben, war er glücklich, ihr Bedürfnis zu stillen. Nach der Menge an Muschisaft zu urteilen, die sich auf seinem Kinn sammelte, wusste er, dass sie bald zum Höhepunkt kommen würde.

Als Dick seine Magie auf ihren Hintern einwirkte, war Samantha außer sich. Auf diesen Moment hatte sie den ganzen Tag mit einiger Ungeduld gewartet. Seine sinnlichen Lippen und seine talentierte Zunge auf ihrem Intimbereich zu spüren, schickte eine Welle der Erleichterung durch ihren Körper. Gleichzeitig drohte die aufgebaute sexuelle Spannung zu explodieren. Es war ein interessanter Kontrast, den sie genoss.

Nachdem sie mehrere Minuten damit verbracht hatte, sich um Samanthas fleischlichen Drang zu kümmern, spürte Dick, wie sich ihre Haltung änderte. Sie wölbte ihren Rücken und begann sich langsam über sein Gesicht zu bewegen, während sie immer noch ihr Gesäß für seine Zunge offen hielt. Sie war kurz davor anzukommen und er machte sich bereit für das, was als nächstes kommen würde.

Plötzlich versteifte sie sich. In einem verzweifelten Versuch, Halt zu finden, bewegte sie ihre Hände zu seiner Brust und ließ sein Gesicht zwischen ihren glücklicherweise kleinen Hinterbacken. Kaum konnte er atmen, drückte er tapfer weiter.

Die Zeit schien anzuhalten, als Samantha von der Orgasmusklippe stürzte. Was als kleiner Funke in der Mitte ihres Anus begann, breitete sich bald wie ein Lauffeuer in ihrem Körper aus. In diesem Sekundenbruchteil begann sich jeder Muskel in ihrem Becken rhythmisch zusammenzuziehen und zu entspannen, als die gesegnete Entspannung sie forderte.

"Ooohhh Gott!" Sie heulte aus vollem Hals und warf den Kopf in Ekstase zurück.

Nach einigen Sekunden wurde Samantha schlaff und fiel nach vorne auf Dicks Unterleib, wobei sie seinen Hintern aus seinem Gesicht zog. Murmelnd schien sie für einen Moment zusammenhangslos, schaffte es aber, sich zu bewegen und an seiner Seite zu bleiben, während ihr Kopf auf seiner Brust ruhte. Sie streichelte ihn und schnurrte wie ein zufriedenes Sexkätzchen.

Susan, schon entspannter, murmelte schließlich:

„Baby, das hat sich unglaublich angefühlt. Du kannst jetzt reden, wenn du willst.

"Nein. Mir geht es gut", war seine arrogante Antwort.

Als sie sein Gesicht sah, kicherte sie,

"Wirklich? Gibt es nichts, was du sagen willst?"

Seine einzige Reaktion war, den Kopf mit einem verwirrten Gesichtsausdruck zu schütteln. Manchmal waren die Worte einfach nicht nötig.

Als sie Dicks Schweigegelübde akzeptierte, verlagerte sich Samanthas Fokus abrupt, als sie bemerkte, dass sein Schwanz stolz zwischen ihren Schenkeln schaukelte. Elegant mit einem Tropfen Precum überzogen, rief es sie auf sexueller Ebene an. Obwohl sie von der Wucht ihres letzten Höhepunkts erschöpft war, brauchte sie seinen Schwanz in ihrem Arsch und sie würde sich mit nichts weniger zufrieden geben. Angespornt von ihrem unbestreitbaren Verlangen streckte sie die Hand aus und ergriff seine pochende Männlichkeit mit beiden Händen.

„Hmmm, du wirst sehr bald reden", antwortete sie selbstbewusst, während sie seinen Schwanz streichelte und ihn mit Speichel füllte.

Im Allgemeinen war Samantha kein Fan davon, an der Spitze zu stehen und zog es vor, die Kraft von Dicks männlicher Macht beim Geschlechtsverkehr zu absorbieren. Als sie erkannte, dass dies ihr dominanter Moment war, um zu glänzen, entschied sie sich für die Position, die Dick die beste Aussicht bot. Nachdem sie ihre Schuhe ausgezogen hatte, rutschte sie nach vorne, ging in die Hocke und starrte auf seine Füße. Auf ihren Knien balancierend schwebte ihr Arsch verlockend über seiner Erektion.

Samantha brauchte echte anale Befriedigung und nun war es soweit.

„Mach dich bereit, Baby. Ich werde deinen Schwanz mit meinem Arsch vergewaltigen", flüsterte sie mit lustbetonter Stimme.

Sie griff hinter sich, packte seinen Schwanz mit ihrer rechten Hand und benutzte die andere, um ihr linkes Gesäß zur Seite zu ziehen. Präzise richtete sie seine Männlichkeit an ihrem hungrigen Loch aus und rieb seinen Kopf an ihrem Eingang. Die Kombination aus seinem Precum und ihrem Speichel war ein wirksames Gleitmittel und sie wusste aus Erfahrung, dass es ausreichen würde, um ihr den Durchgang zu erleichtern.

Dick spürte seine Klemme, als sein Schwanz heraussprang. Vorsichtig stieg sie auf, bis sie vollständig an ihrem Hintereingang saß. Obwohl er weit von seiner ersten Analerfahrung entfernt war, schätzte Dick immer noch den außergewöhnlichen Blick auf Samanthas Arsch, der seinen Schwanz umhüllte. Er wurde des mächtigen Bildes nie müde und wünschte sich nur, dass sie seinen Standpunkt durchsetzen könnte.

Er klammerte sich fest an ihr warmes Fleisch und sehnte sich nach der süßen Reibung, die durch das wilde Vorrücken in den engen Kanal kam. Aber im Moment war er damit zufrieden, Samantha fahren zu lassen und seine Zeit abzuwarten.

Nach dem Stöhnen während der Einfüge- und Anpassungsphase sprach Samantha schließlich mit großem Stolz:

"Baby schau! Ich habe dich ganz alleine tief in meinen Arsch gesteckt!"

Die Anwesenheit von Dicks dickem Glied auf ihrem Hintern brachte Samantha immer in die Umlaufbahn, da die Dehnung ihres empfindlichen Gewebes fast ausreichte, um einen Orgasmus auszulösen. Allerdings war es nicht so gut, am Rande des Nirvana zu sein, als dorthin zu gelangen. Es war noch zu tun. Sie legte beide Hände auf seine Oberschenkel und wölbte ihren Rücken, um sich auf die letzte Runde vorzubereiten.

Sie begann sich entschlossen auf seiner harten Länge zu erheben und zu fallen. Anfangs war es beabsichtigt, während versucht wurde, sich in einem vernünftigen Tempo anzupassen. Als sie versuchte, schneller zu werden, stellte sie fest, dass es ohne Dicks Hilfe eine ziemliche Herausforderung war. Anmutig schaffte sie es, zu ihrem Gefühl zu wechseln, ohne seinen Schwanz zu entfernen. Doch bald wurde klar, dass ihre kleine Statur es unmöglich machte, die von ihr gewünschte Bestrafungsrate zu erreichen.

Nach einigen Minuten von Samanthas Bemühungen wurde Dicks Verzweiflung unerträglich. Obwohl er diese Vorspeise genoss, war sein Schwanz gierig nach dem Hauptgang. Trotzdem hielt er sich zurück und wartete darauf, dass sie ihm den Zeugen reichte.

„Baby, ich... das... ist... schwierig", gab sie schließlich zu, unfähig mit ihrem eigenen Arsch zurechtzukommen.

Dick war mehr als bereit, die Position des dominanten Staates zurückzuerobern. Beim nächsten Absenken bewegte Samantha unerwartet seine Hüften. Folglich fiel Samantha nach hinten, während sie immer noch auf seinem Schwanz aufgespießt war. Sie landete mit dem Rücken an seiner Brust, versuchte es und konnte sich nicht aufrichten. Dick wartete ein paar Sekunden, während sie sich bewegte, um sicherzugehen, dass sie stabil in Position war.

„Jetzt sag mir, Kleines, wer das Sagen hat", flüsterte er.

Erleichtert durch die Hilfe, war Samanthas Bitte einfach:

"Um Gottes willen, schnitz mich einfach heraus, Baby."

Dick ließ endlich ihren bedürftigen Arsch los, als er mit ihrer Position zufrieden war. Er sprang wie ein Bronco und schlug sie heftig von unten, als sie ihr Becken leicht über seinem hielt. Ihre Schreie, Stöhnen und Bitten um „MEHR" waren wie Musik in seinen Ohren. Seine Frau liebte Analsex wirklich ... da war er sich sicher.

Jetzt, wo Dick ihr gab, was sie so dringend brauchte, war Samantha im Himmel. Trotz ihrer relativen Positionen erlaubte sie ihm gerne, ihren Körper zu beanspruchen und ihn zu seinem eigenen zu machen. Groß und kraftvoll, beeinflusste sein Schwanz sie auf eine Weise, die seine Zunge nicht konnte und die Tiefen, in die er ihre inneren Wände versank, bereiteten sie bald auf einen weiteren Höhepunkt vor. Sein Knurren zu hören, als er Gefallen an ihrem Hintern fand, brachte Samantha schließlich an ihre Grenzen.

"Bitte! Nicht aufhören!" Sie bettelte.

Nachdem Dick seine Frau am Abgrund gespürt hatte, wurde er bald für seine verzweifelten Bemühungen belohnt. Als er schließlich erlag, drückte ihr Arsch seinen Schwanz mit übermenschlicher Kraft. Als ihre rhythmischen Wehen begannen, erlaubte er einem wohlverdienten Orgasmus, seinen Körper zu übernehmen. Strom um Strom seines Samens ergoss sich in ihre harte Lust, während er ihren Namen mit lustvollem Vergnügen schrie.

Schon auf dem Höhepunkt ihrer Körperkrämpfe erlebte Samantha einen emotionalen Höhepunkt, als er sie beim Namen rief. Es gab keine größere Belohnung, als Dick mit einem von ihren zum Orgasmus zu bringen, und sie gedieh von diesem sexuellen Ansturm. Instinktiv packte sie seine Hüften wie einen Anker, während ihre Körper gleichzeitig zitterten.

Samantha brach über ihm zusammen, nachdem sie den sexuellen Tsunami überstanden hatte. Sie tastete einige Sekunden lang herum, bevor sie versuchte, sich von der Quelle ihrer sexuellen Befriedigung zu lösen. Das vollendete 'Dirty Girl' genoss sein Sperma auf ihrem Arsch und wollte retten, was sie konnte. Überraschenderweise schaffte sie es, aufzustehen und alles in einer Bewegung zu drehen, indem sie die Länge ihres Körpers ausbreitete. Zufrieden war Dick damit zufrieden, sich zu entspannen, obwohl er noch immer von den Handschellen festgehalten wurde.

Als sie seinem langsamen Herzschlag zuhörte, spürte Samantha, dass er vielleicht schlief und entschied, dass sie ihr Nachmittagssexspielzeug freigeben konnte.

Kurz fragte sie sich, ob er sich rächen würde. Sie hat es von ganzem Herzen erwartet ...

Nur die Zeit würde es zeigen.

ENTDECKEN SIE DEN HINTEREN EINGANG

81

Ich stöhnte und rollte mich aufs Bett.

Das schwache Licht, das durch die Vorhänge kam, sagte mir, dass ich etwas später als gewöhnlich geschlafen hatte.

Ich seufzte und zog die Decken näher.

Ich spürte, wie meine Freundin sich leicht neben mir bewegte und ihren nackten Arsch gegen die Seite meines Beines drückte.

Erinnerungen an die Nacht zuvor kamen mir durch den Morgennebel wieder in den Sinn.

Wir waren mit Freunden in der Stadt ausgegangen, eine ruhige Nacht zum Abendessen und zum Plaudern.

Cinthya, meine Freundin, hatte zu Beginn der Nacht den Münzwurf gewonnen, also war ich diesmal der designierte Fahrer.

Als wir unsere Freunde verließen und zum Auto zurückgingen, stolperte sie ein wenig und ich hielt sie hoch, damit sie nicht herunterfiel.

Ich nutzte die Gelegenheit, um mich mit einem Kuss davonzuschleichen und ihren süßen Arsch zu packen, wodurch sie quietschte und mich spielerisch schlug.

"Entschuldigung, ich konnte nicht widerstehen", sagte ich mit einem Augenzwinkern, als er zurück in meine Arme trat.

Sie kicherte und ließ ihre Hand auf meinen Schritt gleiten und tätschelte sie sanft.

"Ich konnte auch nicht", gluckste sie.

Ich lachte auch und half ihr zur Tür, verbeugte mich dramatisch, als sie ins Auto stieg.

Bevor ich die Tür schloss, stand ich vor ihr und fragte sie, ob sie immer noch nicht widerstehen könne.

Mit einem Lachen griff er nach meinem Schritt und rieb ihn wieder, langsamer und sicherlich weniger verspielt als beim ersten Mal.

Ich hatte das Gefühl, etwas härter zu werden, aber da ich wusste, dass wir eine halbe Stunde Fahrt vor uns hatten, trat ich zurück und schloss die Tür.

Als wir zu mir nach Hause zurückkehrten, sprachen wir über unseren Abend und die Diskussion drehte sich um Juli, Cinthyas Freundin, die sich kürzlich von ihrem langjährigen Freund getrennt hatte.

July trug ein sehr aufschlussreiches T-Shirt und Cinthya sagte mit einem Lächeln, dass sie bemerkt habe, dass sie es ein paar Mal untersucht habe.

Ich versuchte zu behaupten, dass er es nicht getan hatte, aber es half nichts, er war der Anklage schuldig.

Cinthya sagte, dass es ihr gut gehe und dass es schwierig sein würde, sie nicht zu überprüfen, da ihre Brüste für alle sichtbar waren.

"Und wenn wir gerade von hart sprechen ...", neckte er, als seine Hand noch einmal meinen Schritt rieb. "Ist das, um an Juli zu denken?" Fragte er als er seine Handfläche über meinen steifen Schwanz rieb.

"Nein, ich habe nur daran gedacht, dich nach Hause und ins Bett zu bringen", sagte ich und griff schnell nach seiner Brust, um sie mit meiner rechten Hand zu ergreifen.

Sie schrie und drückte meinen Schwanz durch meine Jeans.

"Ich habe das Gefühl, du willst nicht warten, um nach Hause zu kommen", sagte er und rieb mich.

Seine Hände bewegten sich zu meinem Reißverschluss, als er flüsterte: "Vielleicht sollten wir sehen, was dein Schwanz denkt ..." Cinthya öffnete meine Hose und zog mit ein wenig Mühe meinen Schwanz aus meiner Unterwäsche.

"Ahhh, da ist es", sagte er, als er mein steinhartes Glied streichelte. "Ich glaube nicht, dass er warten kann, bis wir nach Hause kommen", scherzte er, "ich denke, er will jetzt spielen."

Damit beugte sie sich vor und legte ihren Kopf auf meinen Schoß und fuhr langsam mit ihrer Zunge über den Kopf meines Schwanzes.

Ich stöhnte und zog das Lenkrad, als sie mich neckte.

Sie hatte unterwegs noch nie einen Schwanz im Mund gehabt und war aufgeregt, dies von ihrer Wunschliste zu streichen.

Sie schob ihren Mund über meinen Schwanz und rollte ihre Zunge um ihn.

Mit einem Stöhnen begann sie ihren Kopf auf und ab zu bewegen, ihr heißer Mund machte mich verrückt.

Ich stöhnte laut und legte eine Hand auf ihren Hinterkopf, wissend, dass sie es liebte, sich die Haare ziehen zu lassen, wenn sie an seinem Schwanz saugte.

Das schlürfende Geräusch erfüllte das Auto, als sie weiter an mir saugte, aber ich nahm jede Unze Energie, die ich brauchte, um uns sicher nach Hause zu bringen.

Sie zog ihren Mund von meinem Schwanz und stöhnte "Du schmeckst so verdammt gut", bevor sie ihn wieder einsaugte.

Ich wusste, dass ich mich dem Orgasmus näherte, also sagte ich ihr, dass sie besser langsamer werden sollte, aber das veranlasste sie, mich zu ignorieren, als ihr Kopf noch schneller an meinem Schwanz wackelte.

Wir näherten uns einem Stoppschild und es waren keine Autos in Sicht, also hielt ich an, packte ihre Haare fest und schüttete einen Strom Sperma in ihren Mund.

Cinthya stöhnte, als sie spürte, wie das Sperma immer und immer wieder in ihren Mund spritzte.

Ich konnte mich nicht erinnern, wann ich das letzte Mal so hart und so hart gekommen war.

Er setzte sich langsam auf und sah mir in die Augen, als er jeden Tropfen in seinen Mund schluckte.

"Bring mich nach Hause", forderte sie, als ich bemerkte, dass ihre Finger unter ihren Rock gerutscht waren und zusätzliche Arbeit unter ihrem Höschen erledigten.

* * *

Ich erwachte aus meinen Gedanken, als Cinthya sich umdrehte und bemerkte, dass ich geistesabwesend meine jetzt pochende Erektion streichelte, nachdem ich die Erinnerungen an die vergangene Nacht in meinem Kopf wiedererlebt hatte.

Er streckte sich aus und gähnte, bevor er sich an meine Seite kuschelte. Seine Hand bewegte sich nach unten, um meine Hand von meinem Schwanz wegzuziehen.

"Das ist meins", sagte sie, als ihre Finger mich leicht fingerten.

"Alles von dir", sagte ich und zeigte, dass ich meine Hände von seinem Besitz fernhielt.

Langsam setzte er sich auf das Bett und zog die Laken und Decken ab, während er sich bewegte.

"Sicher ja, alles von mir", stöhnte er, als er sich meinen Bauch hinunter küsste, bevor er leicht den Kopf meines Schwanzes küsste.

Ein weiterer Kuss führte zu einem weiteren kleinen Kuss und bald hatte sie wieder meinen ganzen Schwanz im Mund.

Sie wusste, wie sehr ich es genoss, mit einem Blowjob aufzuwachen, aber nach der letzten Nacht wollte ich, dass sie auch ein bisschen Spaß hatte.

"Bring das heiße kleine Kätzchen mit, das du hier hast", forderte ich, als ich nach ihren Beinen griff.

"Du bist nicht der einzige, der heute Morgen Hunger hat", scherzte ich.

Mit einem Augenrollen bei meinem schlechten Witz drehte sie ihre Beine und bald waren wir in der klassischen 69 Position.

So sehr ich es auch liebte, meinen Schwanz in ihrem heißen, feuchten Mund zu fühlen, ich genoss es noch mehr, mit ihrer erstaunlichen kleinen Muschi zu spielen.

Ich schiebe langsam meine Zunge über ihre Lippen und stöhne Cinthya an, als ihr Mund langsam meinen Schwanz auf und ab bewegte.

Ihre Finger spielten sehr leicht mit meinen Bällen und ab und zu nahm sie meinen Schwanz aus ihrem Mund, streichelte mich und sagte mir, ich solle ihre Muschi essen.

Ich bewegte meine Hände um ihre Beine, damit ich meine Finger in ihre durchnässte Muschi schieben konnte und sie drückte sich gegen mich und versuchte sich so gut sie konnte an meinen Fingern zu ficken.

Nachdem ich sie einen Moment lang mit dem Finger gefickt hatte, schob ich meine Zunge zurück und rieb sie über ihren kleinen Kitzler.

"Mmmmm verdammt ja", flüsterte sie, als er sie noch mehr tastete.

Ich schob meine Finger zurück in sie und schlug mit meiner anderen Hand auf ihren süßen Hintern.

"SHIT YES", stöhnte er, als er sie erneut schlug.

Während ich ihre Muschi mit langen, langsamen Bewegungen streichelte, drückte meine andere Hand ihren Arsch, spreizte ihr Gesäß und ließ mich ihren kleinen Anus sehen.

Mit einem Lächeln fuhr ich mit meinem Finger über ihre Vagina, überzog sie mit ihren Säften und schob sie dann über ihr enges Loch.

Ich rieb sanft ihren Arsch und drückte langsam meinen Finger dagegen.

Meine andere Hand arbeitete weiter in und aus ihrer heißen, feuchten Muschi, während ich mit ihrem engen kleinen Arschloch spielte.

Ich nahm bald den Mut auf, etwas fester gegen ihren Anus zu drücken und meine Fingerspitze drang zum ersten Mal in ihren Arsch ein.

Ich hielt es dort, ließ meine Zunge auf ihre Muschi gleiten, leckte sie und berührte sie ein wenig mehr mit meinem Finger auf ihrem Arsch, drückte und rieb langsam an ihr.

Ich schob meine Finger aus ihrer Muschi und begann mit ihrem Kitzler zu spielen, was sie stöhnen und gegen mich stoßen ließ.

Infolgedessen glitt mein Finger an ihrem Arsch über den ersten Knöchel hinaus, weiter als ich geplant hatte.

Ich legte meine Finger zurück in ihre Muschi und fickte sie weiter, mein anderer Finger steckte immer noch in ihrem engen Arsch.

In diesem Moment wurde mir klar, dass er nicht mehr an meinem Schwanz saugte, sondern seinen Kopf drehte, um mich anzusehen.

Ihre Hüften schaukelten leicht und sie stöhnte:

"Was tun Sie?"

Ich stotterte, dass ich ihre Muschi genoss, aber sie fragte mich:

"Berührst du meinen Arsch?"

Ich musste zugeben, dass ich es war und begann mich zu entschuldigen, aber bevor ich weitermachen konnte, hörte ich sie stöhnen "das ist wirklich schmutzig" und ihre Hüften begannen sich etwas härter zu bewegen, "verdammt schmutzig, meinen Arsch berührend".

"Soll ich aufhören?" ich fragte ihn

"Verdammt nein, mach es schwieriger", stöhnte er, als sein Mund auf meinen Schwanz zurückfiel.

Ich drückte meinen Finger fester gegen sie und wurde mit einem lauten Stöhnen belohnt.

Ich gab es auf, mit ihrer Muschi zu spielen und konzentrierte mich auf ihren Arsch.

Ich griff mit der Hand zum Nachttisch und tastete blind herum, bis ich die Flasche Schmiermittel fand, nach der ich suchte.

Ich ließ meinen Finger von seinem Arsch gleiten und veranlasste ihn, sich zu beschweren.

Dann goss ich etwas Gleitmittel auf meinen Finger und fing an, das kleine, enge Loch mit dem Gleitmittel zu reiben, bevor ich meinen Finger erneut drückte.

Sie holte scharf Luft, drückte ihren Arsch gegen mich und bat mich, weiter mit ihrem dreckigen Arsch zu spielen.

Das Gleitmittel machte es leichter, in ihren Arsch zu rutschen, und bald hatte ich meinen Finger tief in ihrem zuvor jungfräulichen Arsch.

Als ich meinen Finger hinein und heraus schob, stöhnte sie lauter als jemals zuvor und ihre Hüften schaukelten hart gegen mich und versuchten, jeden Zentimeter von ihr zu durchdringen.

"Ich frage mich, wie gut sich dein Schwanz dort anfühlen würde", stöhnte sie und sah mich an.

Ich fragte ihn, ob er es ernst meinte und er schrie mich praktisch an, jetzt meinen Arsch zu ficken.

Sie zog sich von mir zurück und wartete auf allen vieren auf dem Bett.

Ich goss mehr Gleitmittel auf meinen Schwanz und streichelte ihn, um das enge Loch meiner Freundin zu füllen.

"Fick meinen Arsch, fick meinen Arsch", flüsterte er weiter, seine Hüften wiegten sich hin und her.

Ich bewegte mich hinter sie und hielt meinen Schwanz, drückte meinen Kopf gegen ihr verzogenes Loch.

Ich drückte langsam und bald glitt die Spitze in sie hinein, ihr Stöhnen hallte von den Wänden des Raumes wider.

Ich schob meinen Schwanz sanft in ihren Arsch und ihr Stöhnen wurde lauter, als sie ging.

Bald hatte ich meinen ganzen Schwanz in ihrem Arsch vergraben, meine Hände packten ihre Hüften, als ich mich vorbeugte und fragte, wie sie sich fühlte.

"Scheiße, es fühlt sich so gut an", knurrte sie. "Jetzt fick meinen Arsch, fick meinen Arsch, Baby", sagte sie.

Ich schob meinen Schwanz langsam zurück, bevor ich wieder in sie eintauchte, was sie vor Vergnügen heulen ließ.

Die Hitze der Situation machte mich verrückt und früher als ich gedacht hätte, ich wäre bereit zu explodieren.

Ich sagte ihr, dass ich fast da war und sie stöhnte "Sperma in mir, fülle meinen Arsch mit deinem heißen Sperma!"

Ich packte ihre Hüften fest und stieß meinen Schwanz in ihren Arsch, vergrub ihn tief in ihr, als ich meinen Höhepunkt erreichte.

Bei jedem Ausbruch von mir spürte ich die Krämpfe ihres Körpers, bis ich ihren Arsch mit meinem Sperma gefüllt hatte.

Er vergrub sein Gesicht im Kissen und stöhnte immer wieder, als mein Schwanz aus seinem gut gefickten Arsch rutschte.

Ich rollte mich neben sie auf den Rücken und hielt den Atem an.

Er stand keuchend auf allen vieren.

Er drehte seinen Kopf zu mir und sagte mit einem Lächeln "Lass uns diesen Schwanz hart bekommen, sobald wir können, ich brauche sofort einen weiteren Fick davon."

RISKANTE RÜCKWETTE

91

KAPITEL I

Aufnahmen von Tequila, Mistel und der dümmsten Entscheidung meines Lebens.

Es war vor zehn Monaten, aber er konnte Jeremy Cartwright immer noch nicht in die Augen sehen.

Und es reibt mich.

Nicht nur wegen des dummen, dummen Sex von der Weihnachtsfeier, den ich mit meinem ganzen Wesen bereut habe, sondern weil ich es mir nach dem Wiedersehen, das ich gerade ertragen hatte, jetzt wirklich ansehen wollte.

Und ich konnte nicht, weil ich jedes Mal, wenn ich ihn ansah, an ihn dachte ... als ich ihn verließ ...

Oh, was würde er nicht für einen magischen Gehirnquetscher tun?

Ich riskierte einen kurzen Blick über den Tisch.

Er lächelte mich an.

Bastard.

Er konnte sich nicht erinnern, wann Jeremy das letzte Mal ein Teamziel erreicht hatte.

Warum lächelte er mich über den Tisch hinweg an, wenn es ihm peinlich gewesen wäre?

Weil sich der Mann nicht schämte.

Es war nicht der Mangel an Geschick, der ihn aufhielt, nein, Jeremy war nur faul.

Faultier.

Er war wegen seines Charmes, seines guten Aussehens und seiner Substanzlosigkeit durch die Reihen aufgestiegen.

Als jemand, der für jede Beförderung und jede Stufe der Karriereleiter mit aller Kraft gekämpft hatte, machten mich ihre mühelosen Beförderungen absolut verrückt.

Der gute Junge aus dem Süden posiert, mit dem er alle außer mir geschlagen hatte.

Es muss mit Lucy Sander, der neuen Teammanagerin der East Division, zusammengearbeitet haben.

Lucy, die mich gerade beschuldigt hatte, wegen ihr kein Teamplayer zu sein.

Ich, Nancy Harrison, bin kein Teamplayer.

Bin ich kein Teamplayer?

Ich bin die Wörterbuchdefinition eines Teamplayers.

Ich habe alles für das Team getan.

Ich gab alles, Blut, Schweiß, Tränen und jedes andere dumme Klischee.

Er hatte nur gefragt, ob wir uns mit individuellen Zielen befassen sollten, wenn es um vierteljährliche Boni geht.

Nach seinem Gesichtsausdruck hätte er genauso gut das Schlachten von Welpen im Großhandel vorschlagen können.

Es war nicht nur Lucy, die schlecht reagierte; Sie alle schauten mich an, als wäre ich Cruella De Ville.

Alle dachten, er hätte eine böse Agenda, um die Bonusstruktur neu zu konfigurieren.

Er versuchte nicht, jemanden aus einem Bonus herauszuholen.

Jeder hatte die Bedeutung dessen, was ich sagte, völlig verloren.

Ich habe es geliebt, für Williams Resource Recovery zu arbeiten.

Ich kam direkt von der Universität zum Unternehmen, als ich noch ein Startup auf dem relativ neuen Gebiet der Beratung zur Rückgewinnung von Umweltressourcen und zur Emissionsreduzierung war.

Ich habe für das Unternehmen und seine Ideale gelebt, insbesondere für seine integrativen Managementrichtlinien.

Er war voll und ganz dafür, ein kooperatives Unternehmensumfeld zu fördern, anstatt ein wettbewerbsfähiges.

Er wollte den Geist der kollektiven Ziele nicht vollständig brechen.

Ich wollte nur, ich wollte nur ... wollte ...

Faulen Jeremy Cartwright zu bestrafen.

Das wollte ich.

"Was ist dein Problem?" Ich zischte ihn über den Tisch hinweg an und hasste es, wie er klang, wie eine Art wahnsinniger Spitzmaus.

Ich bin nicht so, diese wütende und bittere Person, es war wegen ihm, nur wegen ihm, der mich dazu gebracht hat, so zu handeln.

Er lachte.

Er lachte leise, als wäre es ein bisschen lustig, was sie nur dazu brachte, ihn mehr zu hassen.

Wir waren die letzten im Sitzungssaal.

Ich war geblieben, denn wenn ich meinen Hintern nicht praktisch auf den Sitz geklebt und die Armlehnen des Stuhls gepackt hätte, hätte ich den Raum in einem Wutanfall am Karriereende verlassen.

Ich würde nicht vom Stuhl aufstehen, bis meine Beine nicht mehr vor Jeremy Cartwright-induziertem Ärger zitterten.

Wie sehr ich seine dumme Lächeln-Pose wegnehmen wollte, aber als ob er fühlen könnte, wie nahe er daran war, mich zu brechen, war Jeremy zurückgeblieben, um mich mit seinem melodischen Lachen zu ärgern.

"Mein Problem, Liebling? Was ist dein Problem? Ich bin nicht derjenige, der weiße Knöchel bekommt, wenn er es in Meetings schwer hat."

"Weiße Knöchel? Ich habe sie nicht, ich bin ..."

Meine Empörung ließ nach, als ich bemerkte, dass meine Finger durch den durch den Griff verursachten Blutverlust taub geworden waren.

Ich nahm meine Finger von den Armlehnen des Stuhls, holte tief Luft und begann einen inneren Gesang.

Ich bin ruhig.

Ich bin ruhig.

Ich bin ruhig.

Er hat mich sehr gut beruhigt - die Whiteheads waren aus meiner peripheren Sicht verschwunden und ich konnte meinen erhöhten Herzschlag nicht mehr in meiner Stirn spüren, als er anfing zu summen.

Diese Bastardratte.

Letztes Weihnachten das Lied, das gespielt wurde, als wir ... als er ...

Oh Gott, ich sollte nicht, wollte nicht dorthin zurück, nicht jetzt.

Ich zwang mich aufzuschauen, um seinen bösen blauen Augen zu begegnen.

Ich sprach langsam, um zu verhindern, dass die schrille Wut, die in meinem Blut kochte, in meine Stimme eindrang:

"Mein Problem, Jeremy, ist, dass Sie kein einfaches Ziel erreichen können, um Ihr vages und wertloses Leben zu retten."

"Wirklich?" er verwischte die Worte.

Ich nannte ihn nur faul und nutzlos und der Mann hatte nicht einmal den Anstand, ein bisschen irritiert zu klingen.

Er legte nur den Kopf schief, als hätte er etwas Interessantes zu ihr gesagt.

"Nancy, ich werde diese Ziele erreichen. Tatsächlich werde ich sie nicht nur erreichen, Liebling, sondern ich werde deine übertreffen."

Ich konnte dem lauten Schnauben nicht helfen.

Ich musste scherzen.

Ernsthaft?

Auf keinen Fall meinte er es ernst.

Im vergangenen Jahr war er nicht einmal annähernd am Ziel.

"Richtig. Ja."

Ich beugte mich über den Tisch und unterbrach jedes Wort mit einem spöttischen Kopfschütteln.

"In deinen Träumen."

Die südliche Fassade des guten Jungen verschwand für einen Moment und die weichen blauen Augen wurden eisig.

"Sie wollen etwas wetten, Miss Harrison?"

Plötzlich war ich besorgt, wirklich verängstigt, was keinen Sinn ergab, weil seine Tapferkeit keine Chance hatte, mich zu fangen, geschweige denn mich zu überwältigen.

Die Ziele sollten in weniger als drei Wochen eingereicht werden.

Aber aus irgendeinem Grund wollte er nicht spielen.

Er wollte nicht riskieren, die Absicht dessen zu kennen, was in diesem eisigen Blick lauerte.

Ich habe nicht geantwortet.

Ich entschied mich, der Erwachsene zu sein, stand auf und ging um den Tisch herum zum Ausgang.

Mit jedem Schritt machte ich klar, dass ich zu reif war, um mit diesen Dingen zu spielen.

Ich habe es genossen, die Reifekarte zu spielen, aber als ich ihn berührte, streckte er die Hand aus und nahm meinen Arm.

"Hast du Angst?" er forderte mich mit ihrem sanften südlichen Akzent heraus.

Ich schüttelte seine Hand.

"Ja. Sicher. Ich zittere. Absolut verängstigt. Schüttle meinen Arsch."

Ich drehte mich um, beugte meinen Arsch zu ihm und schüttelte ihn, schüttelte ihn wie ein Extra in einem Rap-Musikvideo.

Großer Fehler von mir.

Er lachte.

Ein entzückendes Gerücht, das zweifellos jedes weibliche Ohr, das vielleicht zuhört, bei dem Geräusch seufzen ließ, alle außer mir.

Er stand auf, beugte sich näher, so nah, dass sein raues Kinn mein Ohr streifte und ich gegen einen Schauer kämpfen musste.

Als er sich an meinen Hintern lehnte, murmelte er:

"Wie wäre es, wenn wir auf diesen Arsch wetten?"

Ich drehte mich um und schob ihn mit beiden Händen gegen seine Brust.

"Was?"

"Wetten Sie auf Ihren Arsch, Miss Harrison. Zu stark für Sie? Wollen Sie zurückweichen?"

Ich schaute auf die offenen Türen des Konferenzraums, um zu überprüfen, ob niemand ihre Worte gehört hatte, bevor ich ihr etwas zuflüsterte.

"Die Wette geht in beide Richtungen, Kumpel. Bist du bereit, dich diesem Verlust zu stellen, hübscher Junge?"

Ich starrte auf seinen Arsch, was ihn wieder zum Lachen brachte.

"Ich denke, damit bin ich ziemlich sicher", sagte er.

Was mich wütend gemacht hat.

Lächerlich wütend.

Dumm genug, meine Hand auszustrecken und zu sagen:

"Du hast ihn als hübschen Jungen."

Dumm, nicht weil ich dachte, ich könnte gewinnen, sondern weil ich ihrem Vorwand nachgab, mich auf diese Wette einzulassen.

"Schatz, ich werde dich nächste Woche verprügeln", sagte er mit einem Blick auf meine ausgestreckte Hand, die mich unscharf machte.

"Es ist was du möchtest."

Ich starrte ihn an, was sein Lächeln nur zu einem breiten Grinsen werden ließ.

Er wollte gerade meine ausgestreckte Hand zurückziehen, als er sie nahm und mich zu sich zog.

Er beugte sich vor, sein Mund an mein Ohr, das Sandelholz und der Geruch des Mannes brannten mit ihm.

"Oh Schatz, wir kennen beide die Wahrheit. Nicht wahr?"

Der Klang seiner Stimme.

Der Geruch Ihrer Haut.

Die Hitze seines Körpers gegen mich ließ mich zurückschrecken.

Wieder schnurrte der verdammte Wham im Lied.

Mistel hängt an der Bürotür.

Der Geschmack von Rum und Fondantkuchen auf ihren Lippen.

Die Hitze seiner Hand traf meinen Arsch.

Die harte Holzkante des Schreibtisches bohrte sich in meine Hüftknochen.

Der Klang meiner Stimme schrie im Orgasmus und bat um mehr.

Diese Nacht.

In dieser dummen und rücksichtslosen Nacht hatte ich einen Finger, der mit meinen eigenen Säften feucht war, gegen meinen Anus gelegt.

Immer und immer wieder hatte er diesen geheimen Ort gehänselt, jeder Schlag etwas tiefer, bis er alles hineinschob.

Seine tiefe Stimme hallte in meinem Ohr wider und sagte mir, dass es das nächste Mal sein würde, wenn er mich fickte.

Ich schüttelte die Erinnerung ab.

Das nächste Mal hatte es nicht gegeben.

Es würde kein nächstes Mal geben.

Es gab nicht genug Tequila auf der Welt, um mich dazu zu bringen, in diese Situation zurückzukehren.

"Du bist so angespannt, Nancy. So nervös. Ich kann dir dabei helfen", murmelte er, als er seine Hand senkte, um sich auf der Kurve meines Arsches auszuruhen.

Ein Schuss Hitze schoss durch mich bei seiner Berührung.

Ich ging beschämt davon, wie nass mich die Erinnerungen gemacht hatten.

Worum ging es bei diesem Mann?

Wie konnte er mich so wütend machen und ihn immer noch wollen?

Ich wollte gerade die Wette zurückziehen.

Ihm zu sagen, dass alles ein großer dummer Fehler war, als er in diesem Moment einen Finger an meine Lippen legte.

"Shh, Nancy, keine Zeit zum Reden, ich muss wieder arbeiten, wenn ich deine Zahlen übertreffen will."

Und dann war es weg.

Nicht sehr schnell.

Immer noch auf diese südländische Art und Weise verließ er den Konferenzraum und ging zurück in sein Büro.

KAPITEL II

Tracy fand mich an meinem Schreibtisch.

Woher wusste ich, dass es hier sein würde?

Ich hatte den Speisesaal absichtlich gemieden, in der vergeblichen Hoffnung, dass ich dieses Gespräch loswerden konnte, aber alles, was ich getan zu haben schien, war, das Unvermeidliche zu verzögern.

"Also", sagte er und beugte sich über meinen Schreibtisch, "du siehst aus wie der Grinch. Ich habe gehört, du versuchst unsere kollektiven Bindungen zu stehlen."

Ich habe nicht geantwortet.

Er saß ohne zu fragen auf meinem Gaststuhl und ging hinüber und brachte viel Tabak- und Marihuana-Duft mit.

"Sie wissen, was das Problem ist, richtig?"

Ich wusste, wohin das führen würde.

Wo es immer mit Tracy war ...

"Du musst diesen Mann aus deinem Kopf bekommen"

... unter dem Gürtel.

Laut Tracy gab es kein verdammtes Ding auf der Welt, das nicht durch eine gute Hure repariert werden konnte.

Von der Krise im Nahen Osten bis zu einem schlechten Tag: Es gelang ihm immer, alles auf Sex zu reduzieren.

Ich seufzte und senkte meinen Kopf, um sanft auf den Schreibtisch zu klopfen.

"Erinnere mich noch einmal, warum genau bist du mein bester Freund?"

Sie lachte, süßer Klang gemischt mit hartem, das Produkt einer lebenslangen Zuneigung zu den Aromen von Lucky Strike.

"Weil du deinen Job kündigen müsstest, um jemanden zu finden und ..."

Ich unterbrach ihn und beendete seinen Satz ...

"... ich weiß alles über dich, also sowieso mehr als du."

"Wow. Huh."

Er streichelte meinen Kopf nach unten.

"Du brauchst einen Haarschnitt, Schatz. Warum gehst du heute nicht früh? Gott weiß, dass sie dir Stunden schulden."

Ich setzte mich auf, fuhr mir mit der Hand durch die Haare und hob meinen langen Pony auf.

"Ich kann nicht, ich brauche ..."

"Du musst gefickt werden. Du musst dir die Haare schneiden. Du brauchst ein Leben. Das ist was du brauchst. Die Erde wird nicht in Kohlenstoffchaos versinken, weil du die Firma ein wenig früher verlässt, um dich fertig zu machen."

Ich seufzte.

Mein Pony fällt wieder über mein Gesicht.

Ich blies es mit einem Luftstoß aus.

Vielleicht hatte sie ein bisschen Recht, aber sie wusste, dass ich zu stur war, um es zuzugeben.

Wir sahen uns an, ich runzelte die Stirn durch einen Haarvorhang und sie lächelte, dieses perfekte Lächeln der Schönheitskönigin.

Er lächelte mich mit einem falschen Lächeln an.

Ich bin zuerst zusammengebrochen.

Wenn dieses Treffen und der dumme Jeremy Cartwright nicht gewesen wären, hätte ich vielleicht die Ausdauer gehabt, meinen Blick unerschrocken zu halten, aber ich gab nach.

Es war seine Schuld.

Es war alles seine Schuld gewesen.

"Okay", sagte ich.

Tracy stand auf.

"Ich weiß, dass ich Recht habe", sagte sie, als aus ihrem Lächeln der Schönheitskönigin ein breites Lächeln wurde.

"Ich habe nicht gesagt, dass du Recht hast."

Er bedeckte sein Ohr mit der Hand und sagte:

"Was war das? Ich habe nichts gehört, nachdem du gesagt hast, dass er Recht hat."

Ich murmelte eine nutzlose "Hündin", als sie sich zurückzog.

Er blieb an der Tür stehen und sagte über die Schulter:

"Oh, ich habe dir einen Termin für vier mit Dustin im Friseursalon gebucht. Komm nicht zu spät. Und mach was sie dir sagen."

"Was? Ich will nur einen Haarschnitt. Nichts mehr", schrie ich, aber sie war schon um die Ecke.

KAPITEL III

Am nächsten Tag kam ich mit geschnittenen, gefärbten, polierten, gewachsten und fast vierhundert Dollar ärmeren Haaren zurück.

Trotz des unerwarteten Geldaufwands fühlte ich mich ziemlich gut, bis ich es sah.

Er lehnte am Türrahmen des Büros und sah aus wie eine der großen Katzen, die er letzte Nacht auf dem Discovery Channel gesehen hatte.

Mit seinen rotblonden Haaren und seinem räuberischen Grinsen war es leicht, sich seinen Kopf als den Kopf eines stolzen Löwen vorzustellen.

Er bewegte seine Augen von meinem Kopf zu meinen Füßen und hob dann langsam seinen Blick rückwärts, um wieder auf meinem Gesicht zu landen.

Die Art, wie er mich ansah, machte mich nervös.

Ich hörte auf.

Ich blieb mitten in der Halle stehen.

Ich hatte nicht bemerkt, dass ich wie benommene Beute gefroren war, bis jemand an meinem Arm vorbeiging und ich reagierte.

Er lachte.

Wütend ging ich zu ihm und tätschelte ihm die Brust.

Er fing sie auf und hielt sie fest.

"Was?" sagte er mit einer nervigen falschen Unschuld.

Ich schnaubte, zog meine Hand von seiner weg und schob ihn weiter in Richtung Büro. Ich warf meine Tasche auf den Schreibtisch.

Annabelle, die Frau, mit der ich das Büro in den letzten zwei Jahren geteilt hatte, war im Mutterschaftsurlaub, also hatte ich das Büro für mich.

Mir hat es so gefallen.

Sie war nicht wirklich ein Mädchen, das gemeinsamen Raum mochte.

Und in einer perfekten Welt hätte ich ein Büro für mich in der Ecke.

Jeremy kam herein, ohne zu fragen, und legte seinen engen Hintern auf Annabelles Schreibtisch.

Ich ignorierte ihn, schaltete den Computer ein und überprüfte meine E-Mails, als wäre er nicht im Büro.

Er räusperte sich.

Ich hielt meine Augen auf den Bildschirm gerichtet.

Er lachte und ich fühlte einen wütenden Puls in meiner Stirn schlagen.

"Du siehst wunderschön aus, mein Lieber."

Ich drehte mich zu ihm um.

Du hast mir geschmeichelt, sollte ich dir jetzt für etwas danken? Wenig unwahrscheinlich.

"Ich weiß", sagte ich mit einem Knurren.

Lachend trat er vor und lehnte sich an meinen Schreibtisch.

Er schob die Papiere vom Tisch und stützte sich an seinen Ellbogen darauf.

Du verdammter Arroganter.

Ich starrte ihn an.

Er beugte sich näher zu mir.

"Tracy hat mir erzählt, dass Sie gestern früh abgereist sind, um den Schönheitssalon zu besuchen."

Ich nickte.

Er hob eine Hand und zog an einer lockigen Haarsträhne.

"Du hast deine Haare gemacht."

Ich nickte erneut.

"Noch etwas?"

Ich trat vom Schreibtisch zurück und drehte den Stuhl von ihm weg.

Durch seinen Geruch.

Durch deine Anwesenheit.

Seine Augen glitten über meinen Körper und hielten absichtlich an der Kreuzung meiner Beine an.

Sein Blick war sengende Hitze, die ich zwischen meinen straffen Schenkeln pochen fühlte.

Ich war gewachst worden.

Mehr als sie erwartet hatte, hatte Tracy Dustin anscheinend einige Sonderwünsche erklärt.

Ich widerstand dem vollen Wachsen, da ich es vorzog, dass mein Spielfeld zumindest leicht grasig war.

Woher wusste er das?

"Tracy", murmelte ich.

Er lachte, schob sich vom Schreibtisch weg und nickte.

"Hat er es dir erzählt? Hat er dir von meinem Wachsen erzählt?"

Ich konnte nicht glauben, dass sie das getan hat!

Warum sollte sie das tun?

Er lachte wieder lauter.

Als er fertig war, sagte er:

"Oh Schatz, sie hat mir erzählt, dass du im Salon warst. Sie hat mir gesagt, dass du alles gewachst hast."

Mein Gesicht wurde rot wie ein Feuerwehrauto.

"Hast du es für mich getan?" fragte er und legte den Kopf schief.

"Was ist, wenn ich es getan habe? Was ist, wenn ich es getan habe?" Ich stotterte: "Ist das dein Ernst? Fragst du mich das wirklich?"

"Nein. Eigentlich nein. Ich spiele einfach gerne mit dir. Du machst dich besser wieder an die Arbeit. Wenn du also überlegst, wie früh du gestern gegangen bist, musst du heute aufholen."

Ihr Mund war noch lange offen, nachdem er gegangen war.

KAPITEL IV

Tracy hat mich so gefunden.

"Oh Baby, deine Haare sehen toll aus. Was? Was?" Sie sah über die Schulter. "Wo schaust du hin?"

Ich schüttelte meinen Kopf.

Sie nickte und setzte sich an Annabelles Schreibtisch.

"Aaah, Jeremy war hier, richtig?"

"Ja, das war es. Arschloch."

"Warum hasst du diesen Mann so sehr?"

"Er ist faul. Er hat nichts getan, seit er hier ist. Er sieht einfach perfekt aus und bekommt alles, was er will."

"Wirklich? Hmmmm."

Tracy hob eine Augenbraue und senkte den Kopf.

"Was soll das bedeuten?" Rief ich aus.

"Die Welt ist ganz schwarz und weiß für dich, richtig? Gut und schlecht. Keine Grautöne."

"Hier ist kein Grau", sagte ich und leitete den Bericht des letzten Quartals weiter, den ich gestern Nachmittag gelesen hatte. "Hier ist in Schwarzweiß, wer arbeitet und wer nicht. Jeremy nicht. Er hat es nicht getan, seit er von Chicago weitergezogen ist vergangenes Jahr ".

Tracy schüttelte den Kopf.

"Manchmal Schatz, die wahre Geschichte steht nicht auf dem Papier. Sie liegt in der Person."

"Ich kenne die Person", sagte ich, "er ist ein arroganter Idiot. Das ist die Person. Schau, ich muss arbeiten. Wenn du jetzt nur noch kryptische Meinungen über Jeremy Cartwright hast, können wir dieses Gespräch für das Mittagessen verschieben ... Oder vielleicht nie?

Tracy schüttelte erneut den Kopf, bevor sie schnell nickte und zur Tür ging, um zu gehen.

Er blieb an der Tür stehen, drehte sich um und sagte:

"Denken Sie nur, Nancy, Schatz, es gibt mehr im Leben als nur einen guten Job zu machen. Jeremy Cartwright ist das einzige, was Sie leidenschaftlich gern gemacht haben, außer die CO2-Emissionen zu senken oder die Kampagne des Präsidenten. Ich möchte, dass Sie darüber nachdenken. Das bedeutet doch etwas. "

"Es hat nichts zu bedeuten. Er hat nichts zu bedeuten."

Sie zuckte die Achseln und sagte über die Schulter, als sie ging:

"Ich sage dir nicht, dass du den Jungen heiraten sollst. Mach ihn nur ein bisschen fertig."

So wütend sie mich über all ihre kryptischen Kommentare zu Jeremy gemacht hatte, ich musste über ihre Antwort lachen.

Fick ihn ein wenig.

Ich habe es schon gemacht.

Eigentlich auf diesem Schreibtisch.

Meine verräterischen Brustwarzen verhärteten sich bei der Erinnerung.

Ich schaltete die Rückblende aus, bevor sie meinen gesamten Körper übernahm und zu meinem Computerbildschirm zurückkehrte.

Er hatte Arbeit zu erledigen, er hatte keine Zeit für Jeremy Cartwright.

KAPITEL V

Ich habe bis zum Mittagessen gearbeitet.

Tracy streckte kurz den Kopf aus, um mich zu schelten, aber ich ignorierte sie und ging meinem Geschäft nach.

Erst als ich vom Computerbildschirm aufblickte, um meine Rückenschmerzen zu lindern, stellte ich fest, dass die Flurlichter ausgeschaltet waren.

Es war dunkel.

Ich schaute auf meine Uhr und sah, dass es fast neun Uhr nachts war.

Mein Magen knurrte protestierend.

Ich zog mich von meinem Schreibtisch zurück, stand auf und suchte den nächsten Automaten.

Ich stand vor dem Automaten und versuchte zu rechtfertigen, mehrere Päckchen verpacktes Essen als nahrhaftes Abendessen zu kombinieren, als sich die Aufzugstüren öffneten.

Ich roch es, bevor ich es sah.

Thai Essen.

Der Duft von würziger Limette und Knoblauch hing in der Luft und ließ mich fast ohnmächtig werden.

"Pringles zum Abendessen?"

"Und ein Umschlag mit Erdnüssen", antwortete ich.

Jeremy lachte.

"Richtig, denn das macht den Unterschied."

"Sicher tut es das."

Ich hielt die Pringles und sagte:

"Kartoffeln" und dann die Päckchen Erdnüsse "Samen".

Er hielt die Plastiktüte mit dem Essen hoch, die er in seiner linken Hand hielt.

"Cartwright ist Thai. Genug für zwei. Willst du welche?"

Ich schüttelte meinen Kopf, als mein Magen ein peinliches Knurren schrie und Ja sagte.

Jeremy schaute spitz auf meinen immer noch weinerlichen Bauch, sein Mundwinkel zuckte zu einem amüsierten Lächeln.

"Okay", sagte ich und griff nach der Tasche aus ihrer Hand, "dann lass uns das machen."

"Mit solch einer liebenswürdigen Akzeptanz bin ich mehr als glücklich, dem nachzukommen."

Er streckte seine Hand vor sich aus und verbeugte sich ein wenig.

"Bitte gehen Sie voran."

Ich runzelte die Stirn, drehte mich um und ging in Richtung Pausenraum.

Er packte meinen Arm und seine Finger festigten sich um mein Handgelenk.

"Äh, ähm", sagte er, "in meinem Büro."

"Warum?"

"Weil es mein Essen ist und ich sagen kann, wo wir es essen."

Ich wollte ihm sagen, wo er sein Essen hinstellen soll, aber der Gedanke, zu den Pringles und einem Erdnussessen zurückzukehren, ließ mich die Worte unterdrücken.

"Gut", sagte ich und schüttelte meinen Arm von seiner Hand.

Er ließ mein Handgelenk los und legte mit einem leichten Lächeln seine Hand auf mein Gesicht.

Er fuhr mit einem Finger über meine Stirn zu meinem Kiefer und steckte dann eine lose Haarsträhne hinter mein Ohr.

Ich hielt den Atem an, damit er nicht losließ.

Er kam näher.

Ich seufzte, schloss die Augen, neigte mein Kinn und wartete, bereit für einen Kuss, der nicht kam.

Er ging weg.

Ich spürte den Verlust seiner Nähe, als ein Schauer durch meinen Körper lief.

Was für ein Idiot!

Was dachte ich, als ich darauf wartete, dass er mich küsste?

Ich sah auf und erwartete, dass er mich anlächelte, aber stattdessen ...

Die Luft kam wieder aus meinen Lungen, als ich seinen Augen begegnete.

Blaues Feuer.

Hitze überkam mich.

Eine Welle der Begierde, die meine Knie fast umknickte.

"Komm schon", sagte er.

"Komm schon?"

Er zeigte auf die vergessene Plastiktüte, die an meiner Hand hing.

"Oh, Abendessen", sagte ich und nickte, um ihm in sein Büro zu folgen.

Sein Büro war an der Ecke.

Mit zwei Fenstern mit spektakulärer Aussicht und ohne teilen zu müssen.

Ein weiterer Grund, es nicht zu mögen.

Er machte das Licht nicht an, als wir eintraten, was ich ziemlich seltsam fand.

Er wollte gerade das Licht anmachen, als er eine Schreibtischlampe einschaltete, die den Raum in zartes Gelb tauchte.

"Gut", sagte ich und zeigte auf die alte Messing-Schreibtischlampe.

"Mein Großvater hat es mir gegeben", antwortete er, als er seinen Stuhl hinter dem Schreibtisch hervorholte und ihn neben den Gaststuhl stellte. "Du kannst sitzen."

Ich wünschte, er hätte seinen Stuhl nicht so nahe an meinen gebracht.

Sein Knie stieß gegen mich, als er sich aufsetzte.

Sie griff in die Tasche und holte die kleinen Lebensmittelkartons, zwei Flaschen Wasser und zwei Sätze Besteck heraus.

Zwei?

Ich nahm das angebotene Besteck und konnte nicht anders.

Ich könnte es niemals tun.

Unbeantwortete Neugier würde mich auffressen.

"Warum zwei Spiele?" Ich fragte ihn.

"Ich wusste, dass du noch hier bist. Ich wusste, dass du nichts gegessen hast."

"Hört!" Ich protestierte und zeigte auf den Behälter mit Cartwright Thai, den ich auf meinen Schoß auf meine Knie gelegt hatte.

Er verdrehte die Augen.

"Echtes Essen. Ich wusste, dass du kein richtiges Essen gegessen hättest."

"Also", sagte ich und schob mir eine überladene Gabel voller thailändischer Nudeln in den Mund. "Warum kümmert es dich?"

"Es ist mir wichtig", sagte er und fixierte mich mit diesen blauen Augen.

Plötzlich war ich nervös.

Also tat ich, was mir in diesen Momenten natürlich einfiel.

Ich begann ein inkohärentes Geplapper nutzloser Informationen:

"Thailänder benutzen keine Essstäbchen. Es gibt keine Essstäbchen. Wussten Sie das? Eine Gabel und ein Löffel. Das verwenden sie. Eine der wenigen asiatischen Nationen, die das tun. Die Gabel wird verwendet, um Essen auf den Löffel zu legen. Sie essen davon der Löffel. Nach der Annexion von ... "

Er streckte sanft die Hand aus und berührte mein Knie.

Ich war überrascht und hörte auf zu plappern.

"Iss", sagte er.

"Okay. Wie."

Wir haben schweigend gegessen.

Ich aß mehr als nötig, um meinen Mund zu beschäftigen.

Andernfalls hätte ich alle Fragen herausgeplatzt, die direkt unter der Oberfläche juckten.

Warum kümmerte er sich um mich?

Was wollte er von mir?

"Danke für das Abendessen", sagte ich und nahm ein letztes Getränk von meinem Wasser, bevor ich aufstand.

"Kein Problem", antwortete er, legte seine Hand um meine Hüfte und zog mich zu sich heran.

Ich stolperte und spreizte meine Beine, um das Gleichgewicht zu halten.

Er schob einen Oberschenkel zwischen meine gespreizten Beine und breitete sich weiter aus, als er mich nach unten drückte und mich zwang, mich auf ihn zu setzen.

Beide Hände glitten über meinen Rock und zogen den Stoff, bis er sich um meine Hüften legte.

Seine Daumen liefen über meine inneren Schenkel, bis sie den Saum meines Höschens berührten.

Ich konnte nicht anders, ich schaukelte mit offensichtlicher Einladung vorwärts.

Er gluckste.

Das Geräusch ärgerte mich fast, aber seine Zähne fanden meine Brustwarze.

Scheisse.

Hitze durchfuhr mich, als ich an der zarten Spitze riss.

Rau.

Dauerte.

Ja.

Ja, das wollte ich.

Was ich brauchte

Woher wusste er das?

Seine Finger griffen nach dem runden Teil meines Oberschenkels und bissen in die Haut, als sein Daumen unter den elastischen Saum meines Höschens fiel.

Er bewegte sich tiefer und tauchte in den Pool feuchter Hitze ein, den seine Berührung erzeugt hatte.

Er schob sich hinein, bedeckte seinen Daumen und zog ihn dann an meinen Kitzler.

Scheisse.

Sein Daumen war rutschig und nass von meiner Not und berührte präzise meinen Kitzler.

Ich balancierte auf seiner Hand, krümmte meinen Rücken, drückte gegen seinen Daumen und drängte ihn weiter.

"Sag es mir", sagte er, sein Mund immer noch auf meiner Brustwarze, seine Worte vibrierten gegen meine Haut.

"Was?"

"Sag mir, dass du das willst ... du willst, dass ich es dir antue."

Seine Worte drangen in den Nebel der Lust ein und brachten mich zurück in die reale Welt.

Was zum Teufel machte sie in der Hitze auf Jeremy Cartwrights Schoß?

"Nicht!" Ich richtete meine Füße auf dem Boden auf und schob mich hoch.

Ich stand von seinem Schoß auf und stellte mich vor ihn.

Seine Hand rutschte von meinem Höschen, als ich es tat.

Ich legte meine Hände auf seine Schultern, um das Gleichgewicht zu halten, und stieg aus seinem Schoß.

Mit zitternden Händen strich ich meinen Rock glatt.

Als es nicht mehr freigelegt war, sagte ich:

"Ich will das nicht. Ich will dich nicht."

Er lachte, ein hohles Geräusch.

Sie nahm ihren noch feuchten Daumen an den Mund, zog die Spitze über ihre Unterlippe und leckte dann die Stelle.

"Du lügst", sagte er, "du weißt. Und ich weiß."

"Müll. Du bist es nicht. Es ist erst eine Weile her, seit ich es getan habe. Ich hätte auf jeden reagieren können, der das an mir überprüft hätte."

"Wie lange?" Ich frage.

Zehn Monate, dachte ich, antwortete aber:

"Das geht dich nichts an".

"Dann geh weg", sagte er und zeigte auf die Tür. "Lauf weg, Nancy. Du bist jetzt in deinen kleinen Lügen sicher."

"Was meinst du jetzt?"

Ich verfluchte mich dafür, dass ich ihm geantwortet hatte.

Warum konnte er es nicht einfach sein lassen?

Warum musste er es immer wissen?

Er trat einen Schritt auf mich zu.

"Wenn ich unsere Wette gewinne. Bevor ich deinen Arsch nehme, werde ich dich dazu bringen, es zuzugeben. Gib zu, dass du mich liebst."

"Ja? Du ..." Ich machte eine Pause, bevor ich zu albern aussah, konnte aber nicht anders, als einen Schritt zu machen und einen Finger in seine Brust zu stechen.

Er zog meinen Finger von seiner Brust und schloss meine Hand in seiner.

"Du wirst mich bitten, Nancy Harrison."

"Nicht einmal in deinen Träumen", zischte ich, zog mich zurück und verließ sein Büro.

Er war zwei Schritte den Flur hinunter, als ich anhielt, mich umdrehte und zu seiner offenen Tür zurückging.

Er saß an seinem Schreibtisch und schaute seltsam auf die Lampe auf seinem Schreibtisch.

"Danke fürs Abendessen."

Sie sah auf und schenkte mir ein Lächeln. Wenn ich ehrlich gesagt auch nur aus der Ferne geneigt wäre, müsste ich zugeben, dass meine Knie zu Wasser geworden sind.

Anstatt ehrlich zu sein, stieß ich ein wütendes Knurren aus und ging zurück in die Halle.

KAPITEL VI

"Er hat geschummelt", flüsterte ich und starrte auf die E-Mail, die ich gerade erhalten hatte.

"Wer hat geschummelt?" Fragte Tracy.

Ich saß auf der Kante meines Schreibtisches und inspizierte ihre Nägel und wartete darauf, dass sie fertig war, damit wir nach der Arbeit etwas trinken konnten.

"Jeremy Cartwright hat die Ziele übertroffen".

"Ich weiß", sagte er völlig gleichgültig gegenüber der Mischung aus Adrenalin, Panik, Lust und Wut, die sich zu gleichen Teilen durch meinen Körper drehte.

Er hatte Tracy nichts von der Wette erzählt.

Es war zu dumm und kindisch, darüber zu sprechen, und da es mit Jeremy Cartwright und Sex zu tun hatte, hatte er keinen Zweifel daran, dass Tracy auf seiner Seite sein würde.

"Was meinst du damit, dass du es weißt?"

"Sie haben gerade die volle Gebühr auf Ihrem Konto zurückbekommen. Natürlich wird sie ganz oben auf der Liste stehen."

"Was?" Das Wort kam als hohes Kreischen heraus.

"Er war Teilzeit im Büro. Er kam aus Chicago hierher, um sich um seinen Großvater zu kümmern. Aber jetzt hat er Vollzeit ein Pflegeheim betreten, also ist er auch wieder Vollzeit bei der Arbeit."

"Woher wusste ich das nicht?"

"Vielleicht, weil du dein Büro nie verlässt? Vielleicht, wenn du mit jemand anderem als mir gesprochen hast ..."

Hebe deine Hand.

"Wow, dann spreche ich mit dir. Warum hast du es mir nicht gesagt?"

"Nach der verdammten Weihnachtsfeier war dein Höschen so an", seufzte sie und hob ihre Finger, um Zitate zu machen. "Sie hat mir verboten, ihren Namen zu erwähnen."

OK, vielleicht stimmte das alles.

Vielleicht war er nicht so vage, wie er dachte.

Aber er war mit Sicherheit so gerissen, wie er dachte.

Er wusste, dass er Vollzeit zurückkehren würde.

Die Wette wurde manipuliert!

Die ganze verdammte Zeit zu seinen Gunsten gelehnt.

"Wo werden wir etwas trinken?"

Sie runzelte die Stirn.

"Harry, wohin wir immer gehen."

"Nein. Lass uns Ire werden."

"Ire?" Tracy hob die Augenbrauen so hoch, dass sie fast aus ihrem Gesicht schossen. "Du hasst den Iren. Dorthin gehen sie alle."

"Ich weiß."

Dort würde er sein.

Die hinterhältige Lügnerratte und der Bastard.

KAPITEL VII

Er war nicht da.

Ein weiterer Grund für meine Wut zu steigen.

Er hasste den Iren.

Es war ein Favorit der typischen Makler-Büroangestellten und leider, hauptsächlich aufgrund der Nähe, Williams Resource Recovery.

Ich war ungefähr dreißig Minuten lang wütend, als der Mann des Augenblicks ankam.

Er tat es nicht, also ließ ich Tracy unbewusst glücklich mit ihrem Cocktail (und einem naiven jungen Handelsbankier) und ging über die Straße zurück, um zu sehen, ob sie noch in ihrem Büro war.

Dort war.

Anscheinend wartete er auf mich, denn als ich seine Tür öffnete, lehnte er sich kaum mehr in seinem Stuhl zurück und lächelte.

"Du hast betrogen."

"Nicht genau wahr, Miss Harrison. Alle Informationen standen Ihnen zur Verfügung. Sie haben sie einfach nicht verstanden oder fanden es nicht interessant zu bekommen."

Die Wahrheit seiner Worte hat mich gestochen.

"Dann lass uns das machen", sagte ich in einem Blitz adrenalingeladener Tapferkeit, dass ich den Moment bereute, als meine Lippen sich um die Worte versiegelten.

"Mach die Tür zu", gab er den Befehl und stand auf.

Mein Herz schlug heftig.

Mein Hals verengte sich.

Ich drehte mich zu seiner Tür um und dachte über ein Leck nach.

Ich bin mir nicht sicher, wie genau meine zitternden Finger den Verriegelungsmechanismus aktivieren konnten.

Ich drehte mich zu ihm um.

Die Hitze und die schreckliche Kälte ritten in widersprüchlichen Wellen über meinen Körper.

Gleichzeitig begann ich zu schwitzen, als kleine Nadelstiche durch meine Haut liefen.

Ich erinnerte mich, dass er auf seinem Schreibtisch gesagt hatte, er wolle mich, also stand ich mit vor Angst schlaffen Beinen auf, bis meine Schenkel das Holz berührten.

Er war vom Schreibtisch weggegangen, um hinter mir zu erscheinen.

Ich fixierte meine Beine und schloss meine Knie.

Ich weigerte mich, ihn mich zittern zu lassen.

Er kuschelte sich eng an ihn.

Ich konnte die Hitze ihres Körpers fühlen.

Ich drehte meinen Kopf, sah über meine Schulter, machte aber keinen Augenkontakt.

"Mit oder ohne Rock?" Ich fragte mit vorgetäuschter Gleichgültigkeit.

Er gluckste, ein polterndes Geräusch, das gegen meinen Hals vibrierte.

„Bist du so besorgt?", Murmelte sie.

"Tu es einfach jetzt", platzte es durch zusammengebissene Zähne heraus.

"Hat nicht gesagt.

"Was meinst du mit nein? Es war deine blöde Idee!"

Ich drehte mich um und fand mich in seinen Armen gefangen.

Er hatte sich gebeugt, um seine Handflächen auf den Schreibtisch zu legen.

Er sprach gegen die Krümmung meines Halses.

"Nein, ich will nicht", ihre Lippen strichen sanft über die gespannten Sehnen zwischen den einzelnen Worten. "Ich will dich. Nass. Wollen. Betteln darum."

"Ich werde nicht betteln", sagte ich, als ich meinen Nacken zurückbog, um ihrem sündigen Mund mehr Bewegungsfreiheit zu geben.

"Du wirst es tun." Er legte eine Hand auf mein Kinn, um mein Gesicht zu heben und ihn anzusehen. "Du hast es das letzte Mal geliebt. Du wolltest mehr, oder?"

Ich kämpfte gegen den Griff, den er an meinem Kinn hatte und schüttelte meinen Kopf.

Er senkte seinen Mund zu mir, seine Lippen bewegten sich über meine und er sagte:

"Lügner".

Ich öffnete mich ihm ohne nachzudenken.

Ich ließ seine Zunge meine erreichen und seufzte vor Vergnügen, als die nasse Spitze mich so gut spielte.

Gut.

So gut.

So war es das letzte Mal gefallen.

Es war nicht der Tequila gewesen.

Es war sein Mund gewesen.

Das hatte mich berauscht, meine Beine zu spreizen.

Ich bog mich in ihn ein und liebte das Gefühl seiner harten Brust, die sich gegen meine Brüste drückte.

Sein Mund verließ meinen und ich konnte dem enttäuschten Seufzen des Verlustes nicht helfen.

Er kniete nieder.

Ich beobachtete ihn, wie seine Hände langsam meine Waden hinauf bewegten.

Seine Hände hielten auf meinen Knien an, um meine Beine weiter zu spreizen.

Ich habe es ohne Protest gemacht.

Die Finger griffen unter meinen Rock.

Schiebe sie, schiebe sie über die weiche, empfindliche Haut meiner inneren Schenkel.

Der Rock fing meine Beine auf und als ich versuchte, sie weiter zu spreizen, wollte ich ihn plötzlich ausziehen.

Ich wollte alles raus.

Ich fuhr mit den Fingern zum seitlichen Reißverschluss meines Rocks, aber er rührte sich nicht.

Ich tastete nach dem Rock.

Frustriert stieß ich einen Fluch aus, der ihn zum Lachen brachte.

Die Realität griff bei dem Geräusch ein und mir wurde klar, wie schnell es gewesen war, zu kapitulieren.

Ich war wütend auf die Idee: Oh, wie muss er das lieben!

Ich ließ den Verschluss verärgert los und sah nach unten, bereit, etwas Sarkastisches zu sagen, als ich seine Augen sah.

Es gab dort kein Lachen, keinen Triumph, nur ein nacktes Bedürfnis.

Es hat mich hart getroffen.

Die Luft kam flüsternd aus meinen Lungen.

Die Realität löste sich mit dem Bedürfnis auf, gefickt zu werden.

In diesem Moment änderte sich die Luft.

Es wurde elektrisch und funkelte mit dem Zunder unserer Not.

Ich riss die Seite meines Rocks auf.

Ein herzzerreißendes Geräusch, das durch die Luft raste, aber es war mir egal.

Ich wollte alles raus.

Alles raus.

Jetzt sofort.

Er half mir, meinen Rock herunterzuziehen.

Es sammelte sich zu meinen Füßen und ließ mich nur in meinen Fersen und kniehohen Strümpfen stehen.

Ich wollte meine Schuhe ausziehen, aber er schüttelte den Kopf und platzte heraus

"Nicht".

Sie trug ein einfaches Höschen.

Nichts Besonderes, keine Spitze, nur rosa Baumwolle, aber sie ließen ihn trotzdem stöhnen.

Ich fühlte mich sehr erfreut über das Geräusch.

Seine Finger griffen meine Bluse an und zerrten mit äußerster Verachtung an den Perlenknöpfen.

Ich hörte ein Klingeln aus dem Regal, als sie mein Hemd öffnete.

Dann stand sie auf, legte die Bluse über meine Schultern und fuhr mit ihrer Hand über meine Arme, um sie vollständig zu entfernen.

Er ging weg und sah mich an.

Ich kämpfte gegen den Drang an, mich zu bedecken, und grub meine Finger in die Schreibtischkante.

Die Zeit blieb stehen, als er zusah, bis er voll war.

Das Keuchen meines Atems unterbrach die Stille des Büros.

Warten.

Wetter.

Meine Brustwarzen schwollen schmerzhaft an, meine feuchte Muschi wartete.

Sie war es nicht gewohnt zu warten.

Kontrolle gab ich nicht so einfach auf.

Es war gespannt wie eine vibrierende Schnur, als es darauf wartete, dass er sich bewegte.

Seine Bewegungen schienen absichtlich langsam zu sein, als er zurückkam, um nahe zu stehen.

Als hätte er sich nach dem Drang, meine Kleider auszuziehen, beruhigt.

Er sprach nicht, stattdessen murmelte er undeutliche Geräusche des Vergnügens, als er seine Hände über meine Haut fuhr.

Er erkundete mich wie eine Kartierung meiner Topographie, wobei seine Finger jedem Tauchgang und jeder Kurve mit intensiver Konzentration folgten.

Ich stöhnte und bewegte meine Hüften, ungeduldig, dass sich die Finger nach Süden bewegten.

Er ignorierte die beharrliche Bewegung meiner Hüften und setzte seine mühsam langsame Erforschung fort.

Als seine Finger über die Krümmung meines Magens glitten und den elastischen Saum des Höschens berührten, knurrte ich:

"Ja".

Ich dachte, er würde weiter sinken und endlich meine Muschi berühren, aber stattdessen legte er seine Hände in meine Hüften und drehte mich, um vor dem Schreibtisch zu stehen.

Seine Finger bewegten sich spöttisch über meinen Arsch und rutschten dann nach unten, um meine Knöchel zu berühren und meine Beine weiter zu spreizen.

Ich musste mich nach vorne beugen, um das Gleichgewicht zu halten, und meine Ellbogen auf seinen Schreibtisch legen.

Die massierenden Hände liefen über meine Waden, die talentierten Finger gruben sich in den Muskel, bis die Zeit fast flüssig wurde.

Als er auf meine Knie kam, brachte er seinen Mund ins Spiel und ließ nasse Küsse auf die empfindliche Kurve fallen.

Ich konnte das Schwanken meiner Hüften nicht unterdrücken, mein Körper bewegte sich ohne nachzudenken und wiegte sich vor Vergnügen.

Ich seufzte, als seine Daumen sich in meine Muskeln bohrten und die Knoten und Schmerzen linderten.

Wohin ihre Finger gingen, folgte ich ihrem Mund, küsste mich, biss, leckte und streichelte schließlich die Stoppeln ihres Kinns.

Als seine Hände nach meinem Arsch streckten, wartete ich und war bereit, mein Höschen auszuziehen.

Er hat es nicht getan.

Stattdessen schob er seine Daumen unter die quadratische Kante des Jugendhöschens und hob sie hoch.

Er zog, bis der Stoff zwischen meinem Gesäß steckte und gegen meinen nassen Schlitz und meinen pochenden Kitzler schaukelte.

Ich stand mit einem Keuchen auf Zehenspitzen, als er mit verheerender Wirkung an meinem Höschen zog.

Ich könnte so kommen.

Mir wurde klar, als das nasse Tuch meinen Kitzler streichelte.

Ich wich zurück und drängte ihn, mit meinem Keuchen und Stöhnen fortzufahren.

"Ja. Ja", stöhnte ich zu Beginn eines bevorstehenden Orgasmus.

Und er hörte auf, indem er mir auf den Arsch schlug.

"Noch nicht", sagte er und ich biss buchstäblich in den Drang zu schreien und versenkte meine Zähne schmerzhaft in meiner Unterlippe.

Er zog mir in einer Bewegung mein Höschen aus.

Beide Hände packten die Kanten und senkten sie schnell.

Er berührte mein Bein, als das Höschen, das bis zum Anschlag gedehnt war, meine Knie erreichte.

Da ich mich nicht schnell genug bewegte, riss sie das Höschen an der Verstärkung auf.

Die beiden Überreste fielen auf meine Schuhe.

Ich hatte keine Zeit zu protestieren.

In dem Moment, als mein Hintern nackt war, schob er meine Beine weiter und steckte sein Gesicht in meinen Hintern.

Seine Hände wanderten zu meinem Gesäß, mit ausgestreckten Fingern breitete er sie weiter aus.

Ich schrie vor Schock, als seine Zunge meinen Arsch traf.

Kleine Wendungen.

Ich klang mit seiner Zunge im gleichen Rhythmus wie er:

"Äh, äh, äh, äh ..."

Das Gefühl war unglaublich.

Ich habe so etwas noch nie gefühlt.

Ich balancierte gegen seinen Mund.

Meine Hände griffen nach dem Tisch.

Die Papiere glitten unter meine schlagenden Arme und fielen zwischen meine Finger.

Eine Hand verließ meinen Hintern, um zwischen meinen Beinen hindurchzugehen.

Sein Daumen, ich glaube es war sein Daumen, tauchte in meine feuchte Muschi und dann bis zu meinem Kitzler.

Er umkreiste die geschwollene Ausbuchtung, als er seine Zunge gegen meinen Anus drückte.

Ich spürte, wie sich mein enger Anus bei dem beharrlichen Stoß seiner Zunge entspannte.

Sprache.

Der Daumen auf meinem Kitzler.

Ich erlag

Mein Mund drückte gegen das Holz.

Ich weinte mit Tiergeräuschen, ohne Worte, Quietschen und Knurren.

"Äh, ähm, ähm, eeeeee", fühlte ich, wie mein Anus auf seiner Zunge zuckte.

Sein Daumen versetzte meinem Kitzler einen letzten Schlag und dann fielen seine Finger in meine Muschi.

Ich ritt den Orgasmus in seine Hand und zog ihn in seine Finger.

Erschöpft rutschte ich vorwärts und warf weitere Papiere auf den Boden, als ich mit meinem Oberkörper auf seinem Schreibtisch zusammenbrach.

Als er so lag, auf seinem Schreibtisch ausgebreitet, trat er hinter mich.

Ich spürte den Druck seiner Erektion zwischen meinem Gesäß.

Das Gefühl seines harten Schwanzes genau dort erinnerte mich an die Wette, die noch ausgezahlt werden musste, und ich spannte mich an.

KAPITEL VIII

Er fuhr mit einer Hand über meinen jetzt steifen Rücken entlang meiner Wirbelsäule.

"Entspann dich", sagte er und bewegte sich langsam die Ausbuchtung meiner Wirbelsäule hinauf.

Ich konnte mich nicht entspannen.

Ich konnte nur an die Größe seines Schwanzes und die Größe meines Anus denken, was mich zusammenzucken ließ.

Er beugte sich über mich, seinen Mund an der Basis meines Halses und murmelte:

"Okay. Ich werde dich nicht verletzen. Ich würde dich niemals verletzen."

Ich blieb starr und sprach nicht, als seine Hand meinen Rücken weiter streichelte.

Ich trug immer noch meinen BH.

Er blieb an den Riemen stehen, um den Verschluss zu bewegen.

Als die Gurte gelöst waren, legte er seine Hände auf meine Schultern und hob mich mit einem leichten Druck auf meine Füße.

Er packte mich fest und drückte mich gegen sich.

Der BH löste sich, als ich mich aufsetzte und er bewegte seine Hände, um meine Brüste zu berühren.

Seine Daumen liefen über die verhärteten Spitzen meiner Brustwarzen.

Er war immer noch voll bekleidet.

Seine Gürtelschnalle fühlte sich kalt an meinem unteren Rücken an.

Er drehte seine Hüften zu mir und drückte seinen Schwanz in langsamen Kreisen gegen meinen Arsch.

Die Spannung, die meinen Körper ergriff, ließ langsam nach, als sein Mund meinen Nacken hinunterging.

"So schön", murmelte er.

Er griff nach meiner Muschi, krümmte seine Finger zwischen nassen Lippen und tauchte kurz die Spitzen von zwei seiner Finger hinein.

Ich stellte mich auf die Zehenspitzen, um ihm mehr Zugang zu gewähren, beugte mich vor und vertraute darauf, dass er mich hielt.

"Ja", sagte er und drückte die Brustwarze an meiner linken Brust, ein unglaubliches Gefühl, das durch meinen Körper lief.

"Bück dich", sagte er, als seine Finger meine Muschi verließen und sich auf meinem unteren Rücken niederließen.

Er schob mich sanft nach vorne, bis meine Hüften die Tischkante berührten.

Ich entspannte mich und ließ mich von ihm platzieren, wo ich ihn brauchte.

Ich fühlte, wie er wieder auf die Knie fiel.

Seine Hände wanderten über meine inneren Schenkel, bis seine Daumen an der Spalte meiner Muschi ruhten.

Er schob einen Daumen und dann den anderen hinein.

Ich wartete darauf, dass er mehr drückte, aber er tat es nicht und stattdessen schob er seine nassen Daumen zwischen meinen Arsch und den Eingang.

Er kreiste mit nassen Daumen um das empfindliche Loch.

Ich drückte zurück und der Druck nahm zu, bis mein Daumen in den Muskelring rutschte.

Ich schnappte nach Luft, protestierte aber nicht.

Er spielte und drückte den einen und dann den anderen Daumen hinein.

Ich wollte mehr, viel mehr.

Der flüchtige Druck war nicht genug.

Ich wollte voll sein.

Ich fing an zu sprechen, "Jeremy für ..." und hielt dann die Worte.

"Was für ein Schatz, was willst du?"

Ich habe nicht geantwortet.

Ich brachte den Arm, wo meine Stirn an meinem Mund ruhte, und biss in das Fleisch.

Er setzte die neckenden kleinen Stöße auf meinen Anus fort.

Ich schob mich zurück und mein Körper bat um mehr.

"Sag es", sagte er und ich wusste, dass er mir nicht mehr geben würde, wenn er die Worte nicht sagte.

Ich widerstand und schaukelte vorwärts.

Mein Schambein traf die Schreibtischkante und mir wurde klar, dass ich dort ankommen könnte, wenn ich ein bisschen krabbelte.

Ich bewegte meine Hüften, aber er packte meine Hüften, als würde er meinen Plan spüren, und zwang mich, still zu bleiben.

In diesem Moment senkte er seinen Kopf zwischen meine Schenkel und beugte sich vor, um lange an meinem Schlitz zu saugen.

Ich knurrte und als seine Zunge weiter zu meinem Arsch zurückkehrte, schnappte ich nach Luft.

Sein Mund löste sich von meinem Hintern und ich wiegte meine Hüften zurück, um ihn am Laufen zu halten.

Er packte mich wieder und sagte:

"Sagen Sie mir".

Ich ließ meinen Körper schreien, während mein Geist sich noch weigerte.

Er stand auf und ich hob meinen Kopf vom Schreibtisch und sah über meine Schulter.

Irgendwann hatte er seinen Schwanz in ein Kondom gesteckt, seine Hose war über den Hüften offen und sein mit Latex bedeckter Schwanz schaukelte dick und hart.

Ich sah mit großen Augen zu, wie er seine rutschigen Hände über seine Erektion strich.

Mit den Worten in meiner Kehle trat er vor und drückte den breiten, glatten Kopf seines Schwanzes gegen meinen Anus.

Er wiegte seine Hüften und drückte die Spitze ganz leicht in meinen Arsch.

Ich wartete auf die Strecke, den Sprung, aber er bewegte sich nicht mehr.

Ich sah ihn an und begegnete entschlossen blauen Augen.

"Sag es mir bitte", keuchte ich, "liebst du mich?"

"Fuck yeah", knurrte er, "ich will deinen störrischen Arsch ficken."

Es war genug.

Genug, dass ich nachgab.

"Nimm es. Nimm es, bitte Jeremy, nimm mich."

Er schaukelte langsam, sehr langsam vorwärts und drückte den Kopf seines Schwanzes in meinen Arsch.

Ich schnappte dabei nach Luft.

Auf dem Juckreiz.

Er wollte ihr nichts mehr erzählen, als er mit einem rutschigen Knall durch den engen Muskelring glitt und den Schmerz linderte.

Er legte eine Hand auf meinen unteren Rücken, als er in mir schaukelte.

Ich genoss das Gefühl der Fülle, überrascht, wie gut es sich anfühlte.

Ich gewöhnte mich an das langsame Schaukeln, als er meine Hüften packte und anfing zu schieben.

Er schob seine volle Länge in mich hinein und aus mir heraus.

Seine Gürtelschnalle klickte jedes Mal, wenn er den Tiefpunkt erreichte.

Jeder Stoß brachte die Wurzel meines Kitzlers gegen den Schreibtisch.

Ich fühlte einen wachsenden Orgasmus.

Ich drückte mich erwartungsvoll und hörte sie dabei stöhnen.

Er hat es schon wieder getan.

Bei jedem Stoß drückte ich meinen Arsch fest um seinen Schwanz, nur um ihn stöhnen zu hören.

Er schlug mich hart, ich war so darauf konzentriert, meine Quetschungen mit seinen Stößen zu steuern, dass der Orgasmus fast ohne Vorwarnung über mich kam.

Ich schnappte nach Luft, lehnte mich zurück und spürte das seltsame und überraschende Gefühl, dass sich mein Arsch beim Orgasmus um seinen Schwanz zusammenzog.

Er grunzte, drückte und blieb stehen, als meine Muskeln um seine Länge schauderten.

Als mein Orgasmus nachließ, fing es wieder an.

Ohne Rhythmus drückte er.

Verdammt kurz und dann lang.

Tief und dann flach.

Bis er mit einem gutturalen Stöhnen schrie:

"Ich corrooooo".

Er ließ sich auf mich fallen und drückte mich gegen den Schreibtisch.

Er spritzte Küsse über meinen Nacken und mein Schulterblatt und hielt ab und zu an, um den Schweiß von meiner Haut zu lecken.

Ich blieb still und genoss das Gewicht von ihm auf mir.

Ich stand nackt und mit gespreizten Beinen auf dem Schreibtisch, während er aufstand, öffnete das Kondom und richtete seine Kleidung auf.

Erst als ich an seinem Schreibtisch saß, stand ich endlich auf.

Ich hatte ein Stück Papier auf meine linke Brust geklebt.

Er war vom Erhabenen zum Lächerlichen übergegangen.

Ich nahm es ab, gab es ihm und sagte:

"Ich hoffe das ist nicht wichtig."

Er nahm es mit einem Lächeln von mir.

Ich suchte zuerst nach meinem Höschen und als ich merkte, dass es aus zwei Teilen bestand, zog ich einfach meinen abgeflachten Rock an.

Der Reißverschluss ging nur halb hoch, oben gebrochen.

Meine Bluse war auch nicht so toll, zwei Knöpfe fehlten und sie öffnete sich vor meinen Brüsten.

Als ich sah, wie sich mein katastrophales Outfit entwickelt hatte, war Jeremy von seinem Schreibtisch aufgestanden und hatte seine Anzugjacke aufgehoben.

Er gab es mir und ich zog es an.

Es war in der Mitte des Oberschenkels und deckte den größten Teil des Schadens ab.

Als ich meine zu langen Ärmel hochkrempelte, setzte sich Jeremy mir gegenüber wieder auf den Schreibtisch.

"Also", sagte er, plötzlich schien er sich nicht mehr so sicher zu sein.

"Also", sagte ich noch einmal.

"Ich möchte nicht noch zehn Monate darauf warten."

Mein Mund fiel ein wenig auf.

Ich schloss es und versuchte einen Weg zu finden, um zu antworten.

"Nancy Liebling, du bist die sturste und ungeschickteste Frau, die ich je getroffen habe."

Wütend fand ich leicht Worte, um das zu beantworten!

Ich öffnete meinen Mund, um einige hausgemachte Wahrheiten auf ihn auszuspucken, als er ausstreckte und schweigend einen Finger an meine Lippen legte.

"Du liebst mich. Ich liebe dich. Hölle, ich gebe es zu! Mehr als dich zu lieben. Ich mag dich. Jede Sturheit von dir. Lass es uns versuchen."

Als er die Worte sagte, wusste ich, dass es das war, was ich wollte.

Was ich wirklich wollte.

"Wirklich? Du meinst es ernst", flüsterte ich.

"Du kannst auf deinen süßen Arsch wetten", sagte er und zog mich nach vorne, um meinen Mund in einem leidenschaftlichen Fusionskuss zu nehmen.

"Ja", murmelte ich gegen seine Lippen.

"Du hast ihn endlich erkannt", sagte er und küsste mich noch einmal hart.

ENDE